1

Hans-Jürgen Fischer

BoD – Books on Demand, Norderstedt

Auf den zweiten Blick

Ein unbequemes Lesebuch

Bibliografische Information der Deutschen Nationalbibliothek:

Die Deutsche Nationalbibliothek verzeichnet diese Publikation in der Deutschen Nationalbibliografie; detaillierte bibliografische Daten sind im Internet über http://dnb.dnb.de abrufbar.

Herstellung und Verlag:

BoD – Books on Demand, Norderstedt

3. Auflage 2016

ISBN: 9783738650662

Widmung

Dieses Lesebuch ist allen gewidmet, die an den gesellschaftlichen Bedingungen zu verzweifeln drohen. Die 51 Geschichten, Gedichte und Skizzen sollen Mut machen, und sie haben einen gemeinsamen Nenner. Ihre Botschaft lautet:

Nichts ist so, wie es auf den ersten Blick aussieht. Hinter den meisten menschlichen Gemeinheiten steckt irgendeine Absicht, die leider zu oft im Verborgenen bleibt. Wer imstande ist, diese zu erkennen, nimmt den Aggressoren dieser Welt den Wind aus den Segeln. Sich zu trauen, einen zweiten Blick zu wagen, die erkannte Wahrheit hinter der Lüge zu benennen und sie anderen mitzuteilen – das ist eine lohnende Strategie für eine bessere Welt.

In besonderer Weise widme ich das Buch meiner Ute, die mich in all den Jahren, in denen diese Sammlung entstand, geduldig und erfolgreich unterstützte.

Inhalt

9

Schmidt

Ich stoße nichts ahnend die Tür des Zeitschriftenladens auf, begegne ihm im Durchgang unter einem verspielten Mobile, das für lungenkrebsfördernde Genussmittel wirbt, und schaue ihm unvermittelt ins Gesicht. Sein Blick springt über meine Erscheinung, aber möglicherweise kann er mich nicht mehr einsortieren. Vielleicht klemmen die Schubladen in seinem Hirn, vielleicht ist er hinreichend dement, vielleicht weigert sich aus einem Schuldgefühl heraus sein sonst noch intaktes Hirn auch nur, mich zur Kenntnis zu nehmen. Vielleicht ist er aber auch einfach nur abgebrüht. Ich weiß es nicht. Ich spüre, wie mir seine körperliche Nähe jähes Unbehagen bereitet. Längst verdrängte Erinnerungen schlagen direkt aus meinem Kopf und peitschen mein Herz, das unter diesen Hieben zu rasen beginnt. Flucht, nur Flucht, ist mein Gedanke.

Bilder stürzen auf mich ein. Schmidt mit seiner Kaiser-Wilhelm-Frisur, seinen ewig stinkenden Zigarillos, die ihm offenbar bis jetzt nichts anhaben konnten, seinem arroganten, verachtenden Blick, seiner so oft erhobenen rechten Hand, mit der er, gleich einem selbst ernannten Zuchtmeister, Backpfeifen verteilt. Schmidt mit seinen Schweinebacken, wie er mich auch mit Worten erniedrigt, beleidigt, in den Dreck zieht – die Backen passen zu seinem Charakter. Schmidt an meinem letzten Schultag, wie er alle Schüler mit Handschlag verabschiedet und mich demonstrativ übersieht. Schmidt, ein Erwachsener, der sich ein Kind zum Feind machen konnte. Dem es gelang, es in Selbstzweifel zu stürzen und ihm ein negatives Selbstbild einzupflanzen. Ein Zerrbild, das es später mühsam von seinem Ich kratzen musste, nachdem es Schmidts Einfluss entronnen war. Schmidt, der Menschenfeind, mein Feind.

Und dennoch bin ich in der Lage, äußerlich ruhig an ihm vorbeizugehen. Ich kaufe meine Illustrierte, gehe hinaus und überhole ihn, ohne ihn noch eines Blickes ist zu würdigen. Nicht meine Ehrfurcht vor dem Alter, sondern das Gefühl, ihm stets überlegen gewesen zu sein, ohne es früher nur begriffen zu haben, hält mich von einer verbalen Attacke ab. Wenn er mich erkannt haben sollte, ist Nichtachtung Strafe genug.

*

"Schmidt ist vor drei Monaten verstorben, aber der Buermann ist eingeladen. Der will so in einer Stunde kommen." Diejenigen, die das Klassentreffen organisierten, waren früher schon verlässlich. Organisatoren, Buchhaltertypen, kühle Rechner. Jeder erzählt seinen Lebenslauf, man staunt oder hat es ja schon immer gewusst, was aus dem Einzelnen wird. Man meint schließlich, ich habe den Vogel abgeschossen, ist doch die Diskrepanz zwischen damals und heute bei mir besonders groß und eine positive Überraschung. Ja, denke ich bitter, Schmidts Vernichtungsbemühungen sind letztendlich gescheitert.

Irgendwann sind auch die Pauker Gegenstand der Erörterung. Einer erinnert sich an Schmidt, der zwar oft Backpfeifen verteilt habe, aber doch stets „human" mit uns umgegangen sei. Du mit deiner Kettenhundementalität hast dich nicht verändert, denke ich und kippe ihm beinahe mein Bier über die Hose – zufällig? Es hatte plötzlich schal geschmeckt.

Die unendliche Geschichte der Weihnachtsgurke

Erna Gruber war verzweifelt. Die Kinder erwarteten zuhause einen ge-
schmückten Weihnachtsbaum und zumindest ein paar wenn schon nicht
wertvolle, so doch wenigstens liebevoll eingepackte Geschenke. Die Be-
friedigung der zweiten Erwartung hatte sie sich unter Entbehrungen vom
Hartz-IV-Geld abgespart. Doch wie sie der ersten Erwartung entsprechen
sollte, konnte sie sich nur teilweise beantworten. Eine billige Krüppel-
fichte unter einem Meter Höhe würde sie am Heiligabend ab 15 Uhr
sicherlich für einen Euro auftreiben können, wenn alle Bessergestellten
ihren Baum längst zuhause hatten. Antizyklisch kaufen nannten so etwas
die Ökonomen. Aber dennoch war nichts übrig, um den Baum zu be-
hängen.

Die allmählich in ihr aufsteigende Verzweiflung trieb sie in die Küche, wo
ihr Blick nun irrlichternd über den recht übersichtlichen Kühlschrank-
inhalt sprang. Schließlich nahm sie das halb leere Gurkenglas wahr, in
dem so ca. vier Gurken, umspült von dillgewürztem Essig, ihrem Verzehr
entgegendämmerten. Eine Idee blitzte in ihr auf. Entschlossen ergriff sie
das Glas, fischte die Gurken heraus, trocknete diese mit Küchenkrepp und
betrachtete das Resultat. Wie sollte es nun weitergehen? Na klar, die
Dinger mussten aufgehängt werden. Dazu holte sie weißes Garn, das sie
brutal mit einer Stopfnadel durch die Gurkenleiber trieb. Dann wickelte
sie die Gurken in Alufolie, wobei sie die verknoteten Garnenden heraus-
hängen ließ. Und fertig war der Baumschmuck. Erna Gruber war stolz auf
das Resultat. Für die Kinder war das nichts Besonderes. Sie nahmen es
widerspruchslos hin, dass ihr Weihnachtsbaum mit silbrigen Gurken be-
hängt war.

Am ersten Weihnachtstag kam Ralf Samtpuschen zu Besuch. Er war ein
alleinstehender Nachbar, mit dem Erna engeren Kontakt pflegte. Ralf war
entzückt von der Idee und nahm sich vor, sie künftig beruflich zu ver-

werten. Er arbeitete nämlich als Schaufensterdekorateur bei einem großen Kaufhauskonzern.

Die Idee hatte nun so rund 10 Monate Zeit, in ihm zu reifen. Dann schlug seine große Stunde. An seinem Chefdekorateur vorbei gestaltete er die Front mit den acht großen, zur Haupteinkaufsstraße gewandten Schaufenstern so, dass durch die bruchsicheren Scheiben nun überall Tannenbäume mit angehängten silbrigen Gurken zu sehen waren. All die hochwertigen Konsumgüter, die man über den alljährlichen Weihnachtsterror losschlagen wollte, waren darum gruppiert. Die Neuerung war schnell in aller Munde, und bevor der Chefdekorateur die ungeheuerliche Eigenmächtigkeit abstrafen konnte, berichtete begeistert die Zeitung mit den großen roten Überschriften darüber. Ein ergänzendes viertelseitiges Foto dokumentierte die Sensation. Die Leserschaft war allseits entzückt. Und man begann, Erna Grubers Idee nachzumachen.

Der Erfolg war schließlich so groß, dass ein weltweiter Limonadenkonzern darauf aufmerksam wurde. Und als kurzzeitig eine Herstellerfirma für Premium-Schokolade goldumhüllte Gurken mit Marzipanfüllung vermarktete, war in der Chefetage des Konzerns klar, wohin die Reise gehen musste. Den letzten Coup zur Weihnachtszeit hatte man vor fast 80 Jahren gelandet, als es gelungen war, aller Welt weiszumachen, der Nikolaus sei ein alter Mann mit weißem Bart, rotem Mantel und roter Zipfelmütze, der mit einem Rentierschlitten aus dem wolkenverhangenen Himmel stürzt und alle gutgläubigen Menschen mit brauner Limonade beglückt. Nun war endlich die Zeit reif, einen neuen und ähnlich erfolgreichen Coup zu landen, der das Geschäft wie damals nach vorn pushen sollte.

Die größte Werbeagentur des Landes wurde darauf angesetzt, und für die nächste Weihnachtskampagne stand bald ein Konzept wie aus einem Guss zur Verfügung. Künftige Weihnachtsfeiern ohne dieses Produkt würden undenkbar werden. Das neue Produkt hieß Gurka-Cola. Es handelte sich um dieselbe klebrige Brühe wie bisher, aber sie war zeitgemäß verpackt in eine silbrige Plastikflasche in Gurkenform. Die Werbung für dieses neue Produkt über alle möglichen Kommunikationskanäle verschlang ein Mehrfaches des sonst Üblichen, aber sie machte sich bezahlt. Bald waren alle entzückt, wenn St. Claus mit seinem rentierbespannten Gemüsekarren vorfuhr und silbrige Gurken verteilte, die dann auch alle Beschenkten auf der Stelle leer tranken. Das versonnene Lächeln, das die Trinkenden dabei zur Schau stellten, überzeugte vollends. Jung und Alt, hell- oder dunkelhäutig, auch die Kinder der Erna Gruber, alle waren sie nun verrückt nach Gurka-Cola, der Brause, die glücklich macht.

Und dann kam wieder einmal die Zeit, wo sich Erna Gruber fragen musste, mit welchem neuen Einfall sie den Wünschen ihrer Kinder diesmal entgegen kommen konnte.

Letzte Gedanken vor dem Zitronenkauf

Biologisch angebaut? Nein! Mit Diphenyl behandelt? Ja! Eigentlich sind das genügend Gründe, die Finger davon zu lassen. Aber billig sind sie, ein Sonderangebot. Müssen wohl raus, die Dinger. Prall und gelb sind sie bereits, vollreif, in spätestens zwei Tagen werden sie beginnen zu schrumpeln, und dann müssen sie verzehrt sein.

Kein Problem. Für die Paella heute Abend sind sie gut, solange werden sie wohl durchhalten, diese Dinger. Die Liste der Zutaten war wieder mal recht lang, und allein der Seeteufel hat fünfunddreißig Euro das Kilo gekostet – nicht zu vergessen die Gambas. Große Tierchen, elf Stück auf das Kilo, für fünfundzwanzig Euro, obwohl sie aus Malaysia kommen. Will ja gar nicht wissen, woher genau. Wahrscheinlich von irgend so einer obskuren Zuchtfarm mit einem trüben Tümpel, wo sie die Viecher mittels maschineller Hebeanlage bergen. Fünfundzwanzig Euro, ein Schweinegeld für solchen Kram. Inzwischen hat mich der Einkauf schon um einhundertzwanzig Euro ärmer gemacht, wenn auch schon mit den sechs Flaschen Rioja, Stückpreis acht Euro fünfundneunzig.

Und das alles für die Sauermanns – passender Name, brauchen die überhaupt noch Zitronen? – die meine Frau eingeladen hat, mein Einverständnis voraussetzend. Es gab kein Einverständnis meinerseits, aber ein Missverständnis ihrerseits. Aber da kann ich sie ja jetzt nicht hängen lassen, mit diesen Sauermanns. Und eigentlich ist es ja meine Spezialität, meine Frau so zu überrumpeln. Deshalb hat sie noch einige Überraschungen gut bei mir. Also, bloß noch die Zitronen, dann kann ich endlich diese vielen Plastiktüten heimtragen.

Ja, was ist das denn? Was steht denn da auf diesem Aufkleber? Herkunftsland Israel? Scheiße! Gerade letzte Woche hatten wir in der Kantine diese Diskussion, und da habe ich noch vehement dafür gestritten, Waren aus Israel zu boykottieren. Das hat nichts mit Vorbehalten gegen Juden zu tun, habe ich gesagt. Was die da mit den Palästinensern machen, wie die sich da aufführen als brutale Besatzungsmacht, das muss bekämpft werden, habe ich gesagt. Und deshalb der Boykott, habe ich gesagt. Diese Zitronen hier haben sie wahrscheinlich auf dem Land angebaut, von dem sie vorher die Palästinenser vertrieben haben. So was kann ich doch jetzt nicht unterstützen. Aber andere Zitronen haben die hier nicht, und die Zeit rennt. Ich muss noch nach Hause, alles klein schneiden, und die Pfanne braucht ja auch noch so ihre siebzig Minuten.

Scheißegal! Ich eile mit dem Netz Zitronen an die Kasse und drängele ein bisschen. Draußen, auf dem Weg zum Auto, fummele ich mit fahrigen Fingern die verräterischen Aufkleber von den gelben Dingern. Muss ja keiner wissen, wo herkommen. Und wie ich die Sauermanns einschätze, diese unpolitischen Ignoranten, wäre denen das sowieso wurscht.

Überraschung!

Der Moderator Herbert Wummhausen war mal wieder in seinem Element. Gerade war der Vorspann zu seiner allwöchentlichen Talkshow gelaufen, das stürmte er auch schon mit seinem eingebügelten Grinsen aus den Kulissen in Richtung der aufgebauten Sitzgruppe aus rosa Plüsch. Dieses Grinsen erinnerte Kritiker stets an das eines Idioten, von dem seine Fans gar nicht genug bekommen konnten. Wie stets streckte er dem Überraschungsgast des Abends seine gut manikürte Hand entgegen und fragte in seiner unnachahmlich seifigen Art: „Wie heißen Sie bitte? Und was machen Sie so?"

„Karl Wieland, …Verwaltungsinspektor, das ist ein erregender, abenteuerlicher Beruf…", antwortete stammelnd der Begrüßte. Die Verunsicherung in ihm war nicht zu übersehen. Denn nicht alle Tage geschah ihm so etwas, und schließlich war es nicht jedem vergönnt, dem großen Herbert Wummhausen gegenüberzusitzen.

Wummhausen versuchte, professionell wie immer, das Eis zu brechen: „Na, Herr Wieland, was verwalten Sie denn so? Wo ist denn Ihre Dienststelle angesiedelt, dass Sie so überzeugt von einem erregenden, abenteuerlichen Beruf sprechen können?"

„Ich sitze in der Landeserfassungsstelle für die Plattheiten und Verdummungsorgien der Unterhaltungsindustrie. Sie machen sich ja keine Vorstellung davon, mit welch bescheuerten Einfällen wir uns täglich so herumschlagen müssen." Seine Unsicherheit schien verflogen, er begann nun offensichtlich, sich richtig wohl und in seinem Element zu fühlen.

Doch nicht nur bei ihm war eine Verhaltensänderung erkennbar. Millionen Zuschauer konnten miterleben, wie Wummhausen erblasste und schließlich nur unter peinlichem Stottern sein Interview weiterführen konnte. Irgendwie schien er nicht mehr so ganz bei der Sache zu sein.

Hatte der Herr Wieland ihn soeben möglicherweise auf dem falschen Fuß erwischt?

Vier unverschämte Limericks

Ein älterer Herr aus Bad Soden
hat ein Schwerkraftproblem mit den Hoden
er lässt Piercings sich setzen
und mit Kettchen vernetzen
nun schleifen sie nicht mehr am Boden

Ein Umweltminister aus Bayern
nutzt jetzt Plastiktüten zum Feiern
denn beim letzten Fest
versagte sein Test
Jutetaschen sind wertlos beim Reihern

Ein geschniegelter Gutsherr aus Wadern
hätt´ so gern blaues Blut in den Adern
doch dass Knecht Waldemar
sein Erzeuger war
ließ ihn sehr mit dem Schicksal hadern

´Nem Generalleutnant aus Harmshagen
dem schlug ziemlich arg auf den Magen
dass beim Krieg im Irak
seine Mama erschrak
Pazifismus konnt´ er nicht ertragen

Hintergründe einer weltweit berüchtigten Missetat

Sein schändliches Handeln hatte er nicht geplant. Der spontane Entschluss, sich zu rächen, weil sie ihn um seinen Lohn geprellt hatten, war von ihm ohne weiteres Nachdenken in die Tat umgesetzt worden. Er wusste nicht, welches Ziel er damit eigentlich verfolgte und wohin er die Kinder führen wollte. Er war einfach mit ihnen losgezogen, und sie waren ihm gefolgt.

Der Rattenfänger, dem seine schrägen Flötentöne bei dem Anblick der großen Kinderschar buchstäblich im Halse stecken blieben, als er mit diesem Tross verzogener Gören unweit Hamelns durch den mittelalterlichen Flecken Tündern zog, musste Rast einlegen, da ihm die Kinder ohne die gewohnte Musikberieselung die Gefolgschaft verweigerten. Also warf er einen Blick auf das Gelände vor ihm, das ihm für seine Zwecke vorzüglich geeignet schien.

Vor seinem geistigen Auge entstand die Vision eines großen Lagers, das von einer dreimal mannshohen Mauer umgeben war. Innerhalb des befestigten Geländes gab es, gruppiert um einen für Kampfspiele angelegten Platz, dreigeschossige Häuser, sämtlich mit vergitterten Fenstern. Hier und da klammerten sich jugendliche Hände um die ehernen Stäbe, um daran zuerst recht heftig, dann mit zunehmender Ermüdung schwächer zu rütteln, bis sie es schließlich ermattet und resigniert aufgaben. Er meinte, Fetzen fremdartiger Geräusche zu vernehmen, wie einpeitschend geschlagene Schlachttrommeln, unterlegt von mechanischem Heulen und Jaulen, sowie menschliches Schreien und Stöhnen. Nein! Musik konnte dies nicht sein, die kannte er, die machte er ja selbst. Waren dies die Arbeitsgeräusche, wie sie dann und wann aus Folterkammern dringen?

Ein diabolisches Grinsen machte sich auf seinem rattenfängertypischen Pfannkuchengesicht breit, ganz unvermittelt. Ausgelöst worden war es von der plötzlichen Erkenntnis, dass hier die Lösung all seiner Probleme lag. Ja, ja, ja! Er würde seine viertel- bis halbwüchsigen Geiseln zwingen, genau ein solches Lager zu errichten, in dem sie dann von ihm unter Verschluss gehalten werden konnten, bis die betrügerischen Hamelner ihre Schuld an ihm beglichen hätten. Und er würde die verdammte Hamelnbrut sofort damit anfangen lassen. Sprühend vor Tatendrang verscheuchte er seine Hirngespinste und sprang in die Wirklichkeit zurück.

Doch die Wirklichkeit war leider nicht mehr bereit, von ihm durch das geplante verbrecherische Tun verändert zu werden – sie hatte sich während seines Tagtraums einfach erledigt. Die Kinder waren nicht mehr da. Von jäh aufsteigenden Befürchtungen katapultiert, suchte er, zunehmend panisch werdend, das Gelände ab, bis er sich endlich eingestand, dass sie verschwunden waren. Während er zu seinem Gedankenflug abgehoben hatte, waren sie ihm entwischt.

Ihm dämmerte, dass er nicht nur von den betrügerischen Hamelner Eltern, sondern auch von deren ebenso missratenen Sprösslingen schamlos ausgenutzt worden war. Letzteren war es wohl nur darum gegangen, ihren verständnislosen Eltern zu entwischen, weil die ihnen nicht einmal ihre liebsten Spielkameraden, die Ratten, gönnen wollten. Warum hätten sie ihm denn sonst folgen sollen? Oha, was waren das doch für verschlagene Nachkommen ihrer ebenso gearteten Erzeuger. Schamlos hatten sie, um ihn für ihre Zwecke ausnutzen zu können, in ihm den Glauben erweckt und genährt, er habe die Macht, sie mit seinem miserablen Flötenspiel fortzulocken. Nun musste er es sich eingestehen. Niemanden hatte er bisher mit seinen dürftigen musikalischen Künsten beeindrucken können, nicht einmal die Ratten. Die hatte er mit seinem grässlichen und nicht enden wollenden Gepiepe einfach nur aus ihren Löchern getrieben und davongejagt.

Arg mit seinem Schicksal hadernd beschloss er, seine Rachegelüste nun auf andere Weise zu befriedigen. Aber so etwas wollte gut vorbereitet sein, mit vorschnellem Handeln aus dem Bauch heraus war er gerade eben gescheitert. Man musste sich Zeit lassen, viel Zeit. Und wenn ihm die Rache selbst nicht mehr gelingen sollte, so konnte er doch dafür sorgen, dass seine Nachkommen in seinem Sinne wirkten und sein Ziel für ihn erreichten. Und wenn es denn zehn oder zwanzig oder noch mehr Generationen dauern sollte, er würde letztlich triumphieren, sein Traum musste sich irgendwann erfüllen. Wichtig war nun, dass er seinem Sohn sein großes Ziel vermittelte, ihm die Richtung wies. Der wiederum würde seine Nachkommen mit dem Ziel erziehen, ihm, dem Urahn, späte Genugtuung zu verschaffen. Eines fernen Tages würde es sich dann fügen, dass seine Vision eines Kerkers für jugendliche Nichtsnutze sich erfüllte. Und genau an dieser Stelle sollte es sein. Mit einem schmierigen Lächeln, das sich in seinem rattenfängertypischen Pfannkuchengesicht breitmachte, schlief er zufrieden wieder ein.

Nachtrag: Tündern ist heute ein Stadtteil Hamelns. Dort betreibt das Land Niedersachsen eine „moderne" Jugendstrafanstalt für jugendliche und heranwachsende männliche Straftäter.

Der Bratfisch

Mich gibt´s frisch gebraten, braun
fettig und gut anzuschaun.
Stimmt genau, ich bin ein Brat-
fisch mit Kartoff´lsalat.
Mutter, die aus Danzig kam,
machte mich mit Zwiebelrahm.
Paps, aus Prag und nicht aus Peine,
knüpft´mich missachtend auf die Leine.
Ja, jeder Esser wählt sich prompt,
was man dort isst, woher er kommt.

Liebe und Güte

Meiner Mutter prophezeite man oft, sie werde irgendwann noch einmal ihr letztes Hemd hergeben. Vielleicht ist das etwas übertrieben, aber einen Ärmel und einige Knöpfe ihres letzten Hemdes hätte sie wohl abgetrennt, wenn ein Notleidender ihn gebraucht hätte.

Es ging recht eng zu bei uns zu Hause. Vier Mietparteien mit insgesamt acht Leuten in einer Dreizimmerwohnung, die eine gemeinsame Küche nutzten, in der auch noch meine Oma auf dem Sofa schlief. Meine Mutter sorgte stets dafür, dass bei uns „der Laden lief". Neben den kleinen Aufmerksamkeiten, die sie bei Krankheit oder finanziellen Engpässen einzelnen Bewohnern zukommen ließ, gab es für sie immer einen Anlass, über diesen Kreis hinaus Gutes zu tun, ohne darüber zu reden.

Sie brachte abgerissen aussehende Leute mit nach Hause, die sie unterwegs aufgelesen hatte und die nun in unserer Küche schamhaft schweigend ihren Eintopf löffelten, während sie ihnen die zerschlissene Hose nähte. Sie machte einer von Weinkrämpfen geschüttelten Frau Mut und zog anschließend deren besoffenen Ehemann aus der Kneipe. Sie lud trotz unserer häuslichen Enge den dänischen Fahrer eines Gemüselasters, den mein Vater vom Großmarkt mitgebracht hatte, zum Übernachten ein. Am Heiligabend zerrte sie mit sanfter Gewalt einen arbeitslosen und magenkrebskranken Varietékünstler in unsere Wohnung und wies ihm seinen Platz unter unserem Tannenbaum zu. Früher war der mit seinem Spitz als „Herr Hardy" aufgetreten, und nun duldete sie es, dass er sich mit einer Privatvorführung bedankte. Gegen den zaghaften Protest meines Patenonkels machte sie dessen Behausung in halbjährig wiederkehrendem Abstand wieder bewohnbar, weil der stets aufs Neue in seinem Dreck zu ersticken drohte. Einen gerade aus dem Knast entlassenen Berliner fütterte sie tagelang durch, was der ihr mit dem Diebstahl eines halben Pfundes „guter Butter" dankte. Doch auch nach solchen Niederlagen war meine Mutter niemals bereit, das Gute in ihren Mitmenschen infrage zu stellen.

Wenn sie mit anderen Erwachsenen über Kindererziehung redete, war sie jedes Mal irgendwann an dem Punkt, wo sie erklärte, dass ich, ihr Sohn, von ihr „mit Liebe und Güte" erzogen werde. Nach all den Jahren, die nun dazwischenliegen, dämmert es mir, was sie damit gemeint haben könnte.

Wohin sich jemand seine rote Fahne stecken kann

Ich blicke zurück: Es ist irgendwann um 1968/69 in Hannover. Eine kalte, graue Jahreszeit – ob Februar oder November, weiß ich nicht mehr.

Die ÜSTRA, eine mit öffentlicher Personenbeförderung beauftragte Firma, hat ihre Fahrpreise drastisch von heute auf morgen erhöht. Die Herren Aufsichtsräte werden sich nun eine blutige Nase holen, wovon sie allerdings noch nichts ahnen.

Krawallsüchtige Studenten der TU Hannover, wegen der ihnen von der BLÖD-Zeitung nachgesagten Unfähigkeit zur effektiven Wissensanhäufung offenbar zu jeder Schandtat bereit, greifen die Sache auf und rufen zum Boykott der ÜSTRA auf. Sie erfinden den "Roten Punkt", der nun in einem Durchmesser von ca. 10 Zentimetern, auf weißem Papier gedruckt, an den Windschutzscheiben der Studentenautos prangt und signalisiert, dass man bereit ist, andere kostenlos mitzunehmen. Was in anderen Protestbereichen nur ein Wunschtraum von Möchtegernrevoluzzern bleibt, wird in Hannover plötzlich und über Nacht Realität. Die Bevölkerung macht mit, die sonst so sturen Hannoveraner beginnen sich einzureihen. Ich bin dabei!

Die BLÖD-Zeitung wettert von der Titelseite in bekannter Manier und prophezeit ein baldiges Ende dieses Unsinns. Doch bald sind sämtliche Straßenbahnschienen von Leuten belagert, die nicht nach Studenten aussehen, und die Polizei verzichtet auf das Räumen. Vor den Straßenbahndepots dröhnen die Presslufthämmer, mit denen der in die Weichen gegossene Beton entfernt wird und den man am nächsten Morgen erneut vergossen vorfindet. Man nimmt Schnellbinder, auch wenn der etwas teurer ist. Nach einer Woche kippt die Sache vollständig, als selbst die BLÖD-Zeitung den „Roten Punkt" auf der Titelseite zum Ausschneiden abdruckt. Hannover steht Kopf, wir stehen im Mittelpunkt, alles ist möglich.

Täglich Kundgebungen auf dem Opernplatz, der zum zentralen Treffpunkt wird. Studenten und „normale" Leute reden miteinander, man verkündet ständig neue Entwicklungen. Schließlich wird ein Verhandlungsergebnis verkündet: Es gibt künftig einen Einheitspreis von fünfzig Pfennig pro Fahrt. Die ÜSTRA gibt klein bei, es ist der totale Erfolg.

In den Siegestaumel mischen sich erste schräge Töne. Aus der Palette der ca. zwanzig verschiedenen sozialistischen und marxistischen Gruppierungen nutzen alle die Möglichkeit, ihre jeweilige Ideologie wie Kamelle unters Volk zu werfen, was den sozialdemokratisch beeinflussten Durchschnittsbürger einerseits schockiert und andererseits völlig verwirrt. Das seien doch alles Kommunisten, wird geargwöhnt! Erste Forderungen werden laut, die roten Fahnen einzurollen, mit denen man nun doch nichts zu schaffen haben will. „Haut doch damit ab in die Ostzone" ist ein gängiger Tipp für die wackeren Fahnenträger. Die Stimmung schlägt nun um in Ärger, Wut und Enttäuschung. Erste Handgreiflichkeiten unter den Demonstranten werden registriert.

Ein Möchtegernvolkstribun, der sich als Kabarettist mit Namen D. K. vorstellt, will die Frontbildung rückgängig machen und die nutzbringende Einigkeit erhalten. Er ruft den Fahnenträgern zu, sie sollten ihre Fahnen einrollen, es ginge hier auch ohne. Er trage seine rote Fahne im Herzen, wie er mit einem Faustschlag an seine Brust geklärt. Doch es wirkt aufgesetzt und lächerlich. Die Leute spüren es, und einer kommentiert es entsprechend: „Hol sie da raus und steck sie dir in den Arsch!"

Es sind mehr als fünfundvierzig Jahre vergangen. Ich lebe immer noch in Hannover. Lange Zeit betrieb D. K. hier ein Kleinkunsttheater und machte Kabarett – immer mit dem Holzhammer, wie es so seine Art war. Mit seinen lächerlichen, unauthentischen Methoden des Umgangs mit dem Publikum mochte ich mich nie anfreunden, und schon deshalb habe ich mir seine Programme niemals angetan.

Nun liegt er schon seit Jahren unterm Rasen, aber seine rote Fahne wurde ihm bestimmt als sein liebstes Utensil mit ins Grab gegeben.

Von der unsichtbaren Hand des Marktes

Die Zeiten haben sich gewandelt. Der Sozialstaat ist passé, neoliberale Konzepte sind angesagt. Der ungezügelte Markt ordne wie eine unsichtbare Hand alles zum Besten, wird gesagt. Die schlichte Botschaft lautet: *„Wenn jeder nur an sich denkt, ist an alle gedacht!"* Und diese Mär tönt aus allen Medien.

Aber gilt das für alle Märkte? Da drängt sich in der Weihnachtszeit die Frage auf, ob die unsichtbare Hand auch auf dem Weihnachtsmarkt zu finden ist. Versuchen wir, dies herauszufinden. Spüren wir ihr nach, dieser unsichtbaren Hand. Gehen wir auf einen Weihnachtsmarkt.

Schon bevor wir die Glitzerwelt betreten, sehen, riechen und hören wir die Verheißung: Weihnachten ist für alle da! Friede auf Erden! Genuss! Schöne Dinge! Kandierte Äpfel! Kirchliche Blasmusik ertönt, als Kontrapunkt zur hektischen Musik unserer Zeit. Von militärischer Blasmusik haben die meisten von uns man mittlerweile eine erhebliche Distanz entwickelt, aber die früher über diese Musikform transportierten Botschaften lassen sich heutzutage auch anders unter die Leute bringen. So empfängt uns eine trügerische Friedfertigkeit auf dem Weihnachtsmarkt.

Dem angebotenen Tand in all den bunten Buden wollen wir mit offenen Augen begegnen. Früchte und Nüsse, überall das ganze Jahr zu bekommen, sind kunstvoll aufgestapelt, um dennoch den Eindruck des Besonderen zu erwecken. Gepflückt wurden sie in Südafrika, Mittelamerika und Südostasien, von geschickten Kinderhänden, die uns unsichtbar bleiben. Ja, die Kinder und ihre Familien leben von dieser Arbeit. Neoliberale würden sogar behaupten, sie profitieren davon.

Den Glühwein schenken uns Menschen aus, denen man die Freude darüber ansieht, dass sie zwischen ihren Hartz-IV-Phasen kurzzeitig einmal arbeiten dürfen. An der Wurstbraterei werden wir von eifrigen Helfern mit dem gleichen devoten Habitus bedient. Auch beim Kauf von

Puffern und Fischbrötchen treffen wir diesen eilfertigen Typus des Weihnachtsmarktstandhelfers an. Bei Gabe eines Trinkgeldes schaut er überrascht, er scheint es nicht gewohnt zu sein. Mindestlohn? Gottlob ist es noch nicht in allen Branchen soweit. Drei Kartoffelpuffer mit dem obligatorischen Klecks Apfelmus können deshalb weiterhin für soziale fünf Euro losgeschlagen werden. Die unsichtbare Hand zeigt ihre wundersame Wirkung.

Wir begutachten am *Dritte-Welt-Stand* den Modeschmuck *Made in Singapur*, hergestellt in Heimarbeit von ganzen Familien und vielen Händen, die hier ebenfalls unsichtbar bleiben. Wir kaufen, weniger aus Überzeugung denn aus Mitleid, aber wir wissen, dass wir Gutes tun. Die unsichtbare Hand fasst uns in die Geldbörse – in bester Absicht.

In dem Teil des Marktes, der als *Mittelalterliches Dorf* ausgestaltet ist und wo das Nostalgiebedürfnis mit dem Vorführen längst vergessener Handwerkskünste und ihrer Produkte zufriedengestellt wird, bestimmt jener Typus das Geschehen, der sich augenscheinlich in diese Nische begeben hat, um nur irgendwie diese mageren Zeiten überstehen zu können. Kann man davon etwa leben, das ganze Jahr? Fertigt der Kerzenzieher das ganze Jahr über in freudiger Erwartung seines Auftritts auf dem Weihnachtsmarkt seine Wachsprodukte? Lebt er nur von und für die Adventzeit? Aber wie sollte er sonst existieren können? Ja, es muss sie also geben, jene unsichtbare Hand, die ihn die restlichen elf Monate des Jahres auffängt.

Wohin wir auch kommen, wohin wir auch blicken – die unsichtbare Hand war schon da, hat Gutes bewirkt. Ja, es muss sie einfach geben, diese unsichtbare Hand. Wir müssen nur fest daran glauben, dann sind alle zufrieden. Auch wir, wenn auch ein letzter Zweifel nicht weichen will.

Wir sind schon dabei, uns gedanklich auf den Heimweg vorzubereiten, da kommt uns der Zufall zu Hilfe. Unvermittelt können wir eine Szene beobachten, die letzte Zweifel an der Existenz einer ordnenden, unsichtbaren

Hand nachdrücklich ausräumt und unsere Frage endgültig beantwortet. Und zu unserer Überraschung wird diese Hand sogar sichtbar, sozusagen eine materialisierte unsichtbare Hand. Gerade wird sie von jenem Stadtbediensteten aufgehalten, der einigen Budenbesitzern die besten Standplätze verschafft hat und sich nun von Ihnen sein Schmiergeld auszahlen lässt.

Vom Stolz, Deutscher zu sein

Als ich das erste Mal begriff, dass wir anders waren, stand ich mit meiner Mutter und meiner Oma, die mich beide an der Hand hielten, vor einem großen Bauzaun, der mit bunten Plakaten beklebt war. Lesen konnte ich mit vier Jahren noch nicht, aber ich hörte zu, wie meine Oma mit einem ebenfalls davor stehenden Mann seltsame Dinge besprach, und wie sie auf ihn und er auf sie einredete. CDU und SPD, zwei Begriffe, mit denen ich noch nichts anfangen konnte, fielen ungezählte Male. Als das Gespräch immer lauter wurde, gingen wir weiter, und Oma schien sehr ärgerlich zu sein. Im Weggehen besprachen meine Mutter und Oma etwas, das ich auch nicht verstand. Ich behielt nur, dass Oma wählen durfte und meine Mutter nicht. War das Wählen nur den Alten vorbehalten? Auf meine Frage bekam ich von Oma zur Antwort: „Ihr seid doch keine Deutschen!"

Die Sache beschäftigte mich von nun an zunehmend. Wie wurde man Deutscher, was musste man tun? Konnte man sich das kaufen? Allmählich begriff ich, dass meine Mutter wegen dieser Sache oft bedrückt war und sie Angst verspürte. Bei Familienfeiern bekam ich mit, dass meine Mutter befürchtete, keine neue Aufenthaltsgenehmigung zu bekommen, irgendwohin ausgewiesen zu werden, mich nicht zur Schule geben zu können und Ähnliches. Ich konnte solche Sorgen nicht nachvollziehen, dennoch übernahm ich die Ängste meiner Mutter. Ein Nachbar, ich hatte ihn schon vorher nicht gemocht, schockierte mich eines Tages, nachdem ich seine Mittagsruhe gestört hatte, mit der Feststellung, wir seien staatenlos und könnten froh sein, überhaupt in Deutschland geduldet zu werden. Er warf mir noch ein „dein Vater sollte erst einmal richtig deutsch lernen" hinterher.

Dieses Erlebnis brachte mich dann dazu, am nächsten Sonntag nach den Pferderouladen meine Eltern so lange zu löchern, bis sie sich mit mir hinsetzten und mir die Sache so erklärten, dass ich die Zusammenhänge mit Nachfragen verstehen konnte. Demnach war mein Vater im Krieg als

Zwangsarbeiter aus seiner Heimatstadt Prag nach Hannover verschleppt worden und nach dem Krieg dort geblieben. Er hatte einen Fremdenpass, der ihn als staatenlos auswies. Meine Mutter war als Deutsche in Danzig geboren, ihr wurde 1948 bei der Heirat meiner Eltern der deutsche Pass weggenommen. Auch sie erhielt dann einen Fremdenpass, der ihre Staatsangehörigkeit als „ungeklärt" beschrieb. Ich war als Kind von Nichtdeutschen automatisch ebenfalls nicht deutsch.

Im Laufe meiner Kindheit und Jugend hatte ich einige schlimme Erlebnisse, wenn andere von meinem Makel erfuhren. Minderwertigkeitsgefühle legten sich wie Jahresringe über meine Seele und bildeten einen Panzer aus Trotz, der aber jederzeit von überwältigendem Schamgefühl durchdrungen werden konnte, wenn es dazu einen Anlass gab. Eines der quälendsten Erlebnisse war, wie mein Klassenlehrer in der neunten Klasse, den ich durch häufiges Schulschwänzen nervte, vor der Klassenkameraden in beabsichtigt herabsetzender Weise fragte: „Du bist staatenlos, habe ich gehört?" Inzwischen hatte ich erfahren, dass er im Krieg Feldwebel und als Schleifer verschrien gewesen war – ich hatte Ähnliches erwartet und nahm es resigniert hin. Dem Spießrutenlaufen durch die Gasse der Mitschüler entging ich zunächst durch wochenlanges, noch hartnäckigeres Schwänzen.

1965 verstarb mein Vater, und meine Mutter beantragte nun auf Anraten von Freunden für sich und mich die deutsche Staatsbürgerschaft. Binnen eines halben Jahres hatten wir die, beurkundet durch den Regierungspräsidenten. Mein Stolz darüber war so groß, dass ich keine Gelegenheit ausließ, es allen mitzuteilen.

*

Ein Jahr später begann ich, als Messejunge zur See zu fahren. Im Mai 1967 fuhren wir den Mississippi rauf nach New Orleans. Neun Stunden Fahrt von der Mündung, die letzten drei als Nachtfahrt, in der wir dem

Lichtdom der Stadt entgegenstrebten. Noch in derselben Nacht warf ich mich in das Getümmel der Bourbon-Street. Mein flaschengrüner Pass, den ich wegen der ausgestellten ID-Card gar nicht benötigt hätte, steckte in der linken Brusttasche meiner Jeansjacke, die hervorlugende Aufschrift „Bundesrepublik Deutschland" in goldgeprägten Lettern wirkte wie eine Ehrenauszeichnung.

Es war die Zeit, als Soul-Music auch in Deutschland allmählich populär wurde. Und auch New Orleans schien damals Jazz und Cajun völlig vergessen zu haben. In fast jeder Kneipe, auf jeder noch so schmalen Bühne gab es Soul-Music live. Überall Ausweiskontrolle, und seit dem Betreten der ersten Bar wusste ich, dass ich achtzehn zu sein hatte, um Bier zu bekommen. Ich hielt die Amis für blöd. Denn erst in drei Monaten würde ich achtzehn, meine Papiere gaben als Geburtstag den 03.08.1949 an. Schnell hatte ich begriffen, dass man daraus überall den 8. März 1949 las. Ich hielt das für ein Glück, und bis morgens berauschte ich mich an amerikanischem Dosenbier und meiner Lieblingsmusik.

Um sieben Uhr musste ich zurück sein, meine Arbeit als Messejunge wartete auf mich. Unterwegs zum Hafen kam ich an zahlreichen kleinen Läden vorbei, die sich hinter die stadttypischen Säulen zurückgezogen hatten. Einige lockten auch um diese Uhrzeit mit greller Beleuchtung Kundschaft an. Im Vorbeigehen bemerkte ich einen Wäscheladen, den ich betrat, nachdem ich kurzerhand beschlossen hatte, mir Unterhosen zu kaufen. Die Schwellenangst vor dem Gebrauch meines dürftigen Englisch ließ mich den rechten Zeigefinger auf einen Stapel Unterhosen richten, während ich links zwei Finger abspreizte und ein „zwei, bitte" murmelte.

„Da haben Sie eine gute Wahl getroffen, junger Mann. Ausgezeichnete Qualität, und billig." Seine Augen richtete er prüfend mehrfach abwechselnd auf den Pass in meiner Brusttasche und auf meinen Haarschnitt, dem Blickkontakt ausweichend. „Sind Sie Deutscher?", fragte ich erstaunt.

In einer Mischung aus Entrüstung und Stolz sah er mich an und erwiderte: „Ich war Deutscher." Dann kassierte er, ohne noch ein weiteres Wort zu sagen. Völlig verunsichert verließ ich mit den Unterhosen und einem leisen „Auf Wiedersehen" den Laden und schloss die Tür hinter mir. Da bemerkte ich in Augenhöhe ein Plastikschild, auf dem in schwarzen Lettern der Name des Inhabers stand: ARON ROSENZWEIG.

Ratschläge für einen irritierten Jugendlichen

„Was soll das denn heißen. Du bist mit deinen 18 Jahren am Ende, weißt nicht mehr weiter? Da kann ich dir auch nicht helfen, aber Lebenshilfen gibt es überall. Schau in die vielen bunten Zeitschriften deiner Mutter, oder in den FOCUS, der immer noch jede Woche kommt und nicht einmal zum Ofenanzünden taugt. Überall gibt es doch diese Briefkastentanten und Briefkastenonkels. Oder sieh dir diese netten Dokusoaps an, wie deine Schwester. Die holt sich da schon die nötige Orientierung. Oder daddele im Internet, da gibt es auch jede Menge Lebenshilfen. Du kannst auch in Omas Rentner-Bravo blättern, die schreiben da auch immer über solche Psychomacken, wie du sie zu haben scheinst. Vielleicht hilft das ja gegen deine angeblichen Depressionen. Entwickle dich bloß nicht auch zu so einem Jammerlappen. Was soll der Schwachsinn, die Selbstmordrate bei Jugendlichen unter 18 Jahren sei um 50% gestiegen? Willst du da etwa zur Seelenrettung oder Gehirnwäsche hingehen, zu diesen Selbsthilfe-gruppen? Und wer hat dir eigentlich diesen Stuss erzählt, Zukunft brauche Herkunft? Weißt du etwa nicht, wo du herkommst, wo du deine Wurzeln hast? Da mach dir mal keine Sorgen. Wir sind deine echten Eltern, und so wie wir leben, ist das schon in Ordnung. So haben wir immer gelebt. Mein Leben lang habe ich mich krumm gemacht, damit du alles haben kannst, was du willst. Und plötzlich willst du Dinge, die noch nicht mal Geld kosten. Was sollen die denn schon wert sein? Und alles nur, weil ich jetzt mal eine halbes Jahr arbeitslos bin, verfällst du gleich in Panik. Das wird schon wieder. Die brauchen mich schon noch, und ich werde bald wieder gute Kohle machen. Die Pechsträhne ist bald vorbei – auch Alphatiere kommen mal in Bedrängnis. Und fang jetzt bloß nicht wieder mit diesem Alternativscheiß an – Klamotten selber machen, bewusst kochen und essen und so. Von wegen Verzicht, weniger haben heißt glücklicher leben und ähnlichen Blödsinn. Alles Lügen, Notlügen! Wenn du dir irgendetwas nicht mehr leisten kannst, musst du das möglichst verbergen, anstatt andere damit zu nerven. Die haben alle ihren eigenen Stress und tun dennoch so, als sei alles in bester Ordnung. Wenn man so was von sich durchschimmern lässt, ist man bald außen vor und unten durch. Mir reicht es schon, dass mir diese Tante vom Jobcenter ständig auf den Hacken steht und mir doch nur irgendwelche miesen Kurzzeitjobs aufnötigen will. Dabei habe ich doch die richtige Einstellung, weiß doch, wie es laufen muss. Helga, H-e-l-l-g-a-h-h-h! Es hat gebimmelt! Gib dem Pizzaboten mal zwei Euro Trinkgeld, sonst merkt der noch was!"

Gegengift

Wir wohnten zu neunt in einer Dreizimmerwohnung eines Hinterhauses, zu dem eine Kopfstein-gepflasterte Straße in der Nordstadt führte. Ärger gab es ständig, der Schwank „Krach im Hinterhaus" stand, seit ich denken konnte, ununterbrochen auf dem Spielplan. Neben den Auseinandersetzungen zwischen den vier Mietparteien in unserer Wohnung gab es noch die mit den Anwohnern der anderen Etagen. Wir alle hatten unsere großen und kleinen Macken. Die rieb man sich entweder direkt unter die Nase oder zog mit Dritten darüber her.

In diesem Haus waren wir lange Zeit die Underdogs. Mein Vater kam fast jeden Tag schwankend und ein Liedchen summend vom Feierabendtrunk nach Hause. Sein miserables Deutsch und sein böhmischer Tonfall sorgten dafür, dass er von vielen Bewohnern herablassend behandelt wurde. Bei mancher Gelegenheit zeigte man ihm, wie wenig er für voll genommen wurde. Wenn er sich dann den lautstark vorgetragenen Vorwürfen meiner Mutter stellen musste, büßte er vor den anderen männlichen Bewohnern den Rest an Autorität ein. Nicht selten rächte er sich spitzbübisch in der ihm eigenen, fantasievollen Art, wovon an anderer Stelle erzählt werden soll.

Doch irgendwann verloren wir unsere Rolle als Underdogs, worüber wir ganz und gar nicht traurig waren. Die Adams, ein unter uns wohnendes Ehepaar, lag in Scheidung und bekriegte sich verbissen. Frau Adam hatte, so sagten es die Erwachsenen, den Zustand ihrer Tochter und das „Um-die-Häuser-gehen" ihres Mannes nicht verkraftet. Sie fing an, alle Nachbarn zu beschimpfen und bezichtigte sie, heimlich Gift durch den Schornstein in ihre Wohnung zu spritzen, um ihr und Christa, ihrer Tochter, „den Rest zu geben".

Christa war seltsam, wog über zwei Zentner und konnte lesen. Schon als ich noch ein kleiner Junge war, hatte sie mir auf ihrer Mundharmonika vorgespielt, ihre Spezialität waren Wanderlieder. Sie zeigte mir immer neue, fantasievolle Scherenschnitte. Manchmal bekam sie zwischendurch

„ihre fünf Minuten", wie die Erwachsenen sagten. Dann flogen Buch, Schere oder Mundharmonika in die Ecke, Christa sprang auf, rannte zur Tür, schlug mit dem Kopf heftig dagegen und rief trotzig in der ihr eigenen Betonung: "Türchen, ich hab dich lieb!" Ob mit oder ohne Ermahnung – danach nahm sie, als sei nichts gewesen, ihre vorherige Tätigkeit wieder auf.

Mit dem Beginn der Beschuldigungen durch die vorher recht beliebte Frau Adam zogen sich alle Hausbewohner von ihr zurück, auch die aus unserer Wohnung. Ich litt anfangs darunter, nicht mehr mit Christa spielen zu dürfen, nur weil die Erwachsenen es so wollten. Doch irgendwann war es für mich normal geworden, die Tage ohne Christa zu verbringen. Herr Adam war nun der arme Mann, geschlagen mit einer unter Verfolgungswahn leidenden Frau und einer geistesschwachen Stieftochter. Er tat allen leid. Von da ab übernahmen Frau Adam und Christa die Rolle, die wir bisher im Haus gespielt hatten. So blieb es über Jahre. Es konnte nie wieder so wie früher werden, dessen war ich mir gewiss.

Ich muss inzwischen so um die zwölf Jahre alt gewesen sein, als meine Mutter mich eines Tages damit überraschte, mit mir zu Frau Adam gehen zu wollen. Ich war verblüfft und entrüstet zugleich, hatte ich doch kürzlich erst absurde Vorwürfe wegen eines angeblichen Vergiftungsversuches über mich ergehen lassen müssen, die mich, das will ich zugeben, ziemlich gekränkt hatten. Dennoch ging ich mit, aus Neugier und um Ruhe zu haben; denn ich kannte das Beharrungsvermögen meiner Mutter.

Da saßen wir dann in Frau Adams Wohnküche am Tisch – wie früher. Meine Mutter klönte mit Frau Adam – wie früher. Christa zeigte mir ihre neue, riesengroße Mundharmonika und spielte uns auf – wie früher. Als meine Mutter einmal kurz hinausgegangen war, fasste mich Frau Adam am Arm und sagte im Verschwörerton mit Verschwörermiene, nun, da sie von meiner Mutter erfahren habe, dass mir meine Vergiftungsversuche leidtäten, habe sie wieder Vertrauen zu mir. Man könne doch nun wieder miteinander umgehen – wie früher. Ich schwieg, völlig verdutzt. Eine verlegene Kopfbewegung muss sie wohl als zustimmendes Nicken ge-deutet haben. Sie konnte sich zufrieden zurücklehnen, als meine Mutter wieder Platz nahm.

Später, als ich meine Mutter auf das Ereignis ansprach, sagte sie nur: „Lass sie doch, die alte Spinner-Liese. Eigentlich ist sie doch ganz in Ordnung. Wir lassen sie in ihrem Glauben, haben unsere Ruhe vor ihren Vorwürfen und kommen wieder miteinander aus."

Es war vieles von nun an tatsächlich wieder wie früher. Einen Teil meiner freien Zeit verbrachte ich bei den Adams, und ich genoss es. In dieser Zeit lernte ich, neben Toleranz und Gelassenheit, viele nützliche Dinge. Noch heute profitiert unsere Nachbarschaft davon, wenn ich zum Osterfeuer Zwiebelschmalz zubereite – nach dem Rezept einer gewissen Frau Adam.

Heimat

Wir lebten beengt,
aufeinander und miteinander,
zwischen den Trümmern.
Wir waren das Volk – Jung und Alt,
Söhne und Töchter von Arbeitern
und anderen kleinen Leuten.

Wir saßen in den Kneipen,
die es an jeder Ecke gab,
in denen Malocher und Sesselfurzer
miteinander würfelten und klönten.
Wir wohnten in Häusern mit Hinterhof,
einziger Reichtum die Kinderschar.

Wir spielten auf dem Kopfsteinpflaster
und traten großzügig zur Seite,
wenn mal ein Auto fuhr.
Wir waren eine große Familie,
in der man miteinander auskam –
Mittelmaß und das Maß der Dinge.

Als wir wegzogen, damals,
spürten wir schon die Veränderung.
Ersetzt wurden wir durch
vorlaute, hochnäsige Studenten und
kleinlaute Migranten mit gesenktem Blick.
Leute wie wir wurden zu Exoten.

Die Kneipen an jeder Ecke blieben,
doch in der einen saßen Studenten
und in der anderen Migranten.
Die Ersteren besuchten die Letzteren
lediglich zum Döner essen –
das blieb nicht die einzige Einbahnstraße.

Man schuf ein Gewirr von Einbahnstraßen,
in denen irregelenkte Autos
nun unnötige Abgase produzieren.
„Der Weg ist das Ziel" – falsch verstanden
von arroganten Stadtplanern
und missionarischen Autohassern.

„Dies ist ein freies Land",
sagt ein dummes amerikanisches Sprichwort.
Sie wohnen frei voneinander, übereinander oder
nebeneinander, aber selten miteinander
in Singlehaushalten oder Notquartieren,
die sie euphemistisch Wohngemeinschaft nennen.

Diese pseudo-weltoffene Apartheid
von Mittelschicht und Unterschicht
kaschiert durch eine Multi-Kulti-Maske
die allzu häufig verrutscht
ist eine Lebenslüge an diesem ungastlichen Ort
den wir einst Heimat nannten.

Voyeure

Von Zeit zu Zeit ändern sich Sprachgewohnheiten, Modewörter erscheinen und verschwinden wieder. Gegenwärtig hat ein Wort Konjunktur, das früher vornehmlich dazu verwendet wurde, die wichtigste Eigenschaft von Abenteuergeschichten zu benennen. Es ist das Wort *spannend*. Ja, so ändern sich die Zeiten. Heutzutage finden die Leute zunehmend viele gesellschaftliche Vorgänge spannend.

Neulich outete sich die Leiterin einer kürzlich neu geschaffenen und sich noch in der Aufbauphase befindenden großen Organisationseinheit unserer Stadtverwaltung. Sie finde es spannend, wie sich dieses oder jenes in ihrem Verantwortungsbereich entwickle. Die Dame scheint neben sich zu stehen und ihre eigentliche Aufgabe nicht begriffen zu haben. Leitungstätigkeit setzt aktives Handeln voraus: Planen, Steuern, Korrigieren. Wenn sie nun, anstatt dieses zu gewährleisten, etwas spannend findet, reduziert sie ihre Rolle auf die einer passiven Beobachterin, eigentlich unfähig, steuernd ins Geschehen einzugreifen.

Im gleichen Maße, in dem die uns umgebenden Vorgänge als spannend empfunden werden, offenbart sich der Zustand unserer Gesellschaft. Wir sind offenbar zu Gaffern geworden, die nicht nur das Fernseh- oder Kinoprogramm, sondern das gesamte gesellschaftliche Leben, bequem vom Sessel aus beobachtend, an sich vorüberziehen lassen. Mit dem Schwinden unserer Bereitschaft zur Intervention verlieren wir zunehmend auch die Fähigkeit dazu. Uns geht der Wille verloren, auch bei Geschehnissen, die frühere Generationen als haarsträubend empfanden, korrigierend einzugreifen. Wer kennt nicht die Horrormeldungen über das Zulassen von Unmenschlichkeiten, die mit schwindender Zivilcourage erklärt werden. Wenn vor unseren Augen – inzwischen eine Alltäglichkeit – in der U-Bahn-Station ein Mitmensch überfallen, misshandelt, beraubt, drangsaliert und herabgewürdigt wird, überlassen wir ihn nicht selten seinem Schicksal. Setzen wir uns schon deshalb nicht für ihn ein, weil wir uns weiterhin im bequemen Sessel wähnen und die Sache, die wie ein

Film vor uns abläuft, spannend finden? Wollen wir eigentlich nur wissen, wie die spannende Geschichte ausgeht? Käme es während eines solchen Geschehens, das wir passiv glotzend verfolgen, zu Werbeeinblendungen, würden wir möglicherweise nur bedauern, dass keine Toilette in der Nähe ist, die wir nutzen können, um rechtzeitig den wieder anlaufenden Film weiter verfolgen zu können?

Dabei wissen wir es längst. Wir führen ein Leben *aus zweiter Hand*. Zunehmend verlieren wir unsere Fähigkeit zum aktiven Gestalten unserer Umwelt, der wichtigsten Fähigkeit, die den Menschen aus dem Tierreich emporgehoben hat. Wir degenerieren zu Voyeuren, die offenen Maules die verrückt spielende Umwelt beglotzen, ohne sie noch zu verstehen. Und unsere Sprache („... finde ich spannend ...") verrät uns.

Übrigens finde ich es spannend, was sich so alles bei der Entwicklung im Bereich neuer Medien tut. Besonders aufmerksam verfolge ich die Bemühungen zur Entwicklung der interaktiven Medien.

Albtraum

Du stehst auf dieser üppigen Wiese und hältst mir diese Mohnblume entgegen, die du gerade gepflückt hast. Der weiße Anzug ist die angemessene Kleidung für dich. Er bestätigt deine Würde, die man dir damals zu nehmen versuchte, und er ist Symbol für deine Unschuld. Viele um dich herum, die für dich verantwortlich waren, haben damals versagt. Die Tat konntest du nicht verhindern, sie war Resultat auswegloser Verzweiflung und dein untauglicher Versuch, dich aus einem Albtraum zu befreien. Dass du verurteilt warst, ihn dennoch weiterzuträumen, war für dich nicht absehbar.

Erstmals saß ich dir gegenüber, als ich dich in der Untersuchungshaft besuchte. Dort warst du völlig deplatziert – ein Junge von vierzehn Jahren, der wie zwölf aussah, unter abgebrühten älteren Jugendlichen, die alle bereits ihre Lektion über die gesellschaftliche Reaktion auf ihr von außen provoziertes Fehlverhalten gelernt hatten. Dieser vietnamesische Dolmetscher hatte wegen deines Dialektes seine Übersetzungsprobleme. Einen Tag vorher hattest du einem Mitschüler die Kehle durchgeschnitten, und wir beide konnten noch nicht wissen, dass der das glücklicherweise überleben würde.

In den folgenden zwei Wochen recherchierte ich – in deiner Asylunterkunft, in deiner Schule, bei deiner Klassenlehrerin. Was ich dabei erfuhr, veranlasste mich, eine alternative Unterbringung zur U-Haft zu organisieren und so auf deine Haftverschonung hinzuarbeiten. Es gab gewichtige Argumente dafür: Dein Mitschüler – ein Bosnier, ebenso wie du Flüchtling – hatte dich ein halbes Jahr lang bedroht, verprügelt, körperlich und seelisch misshandelt. Eine Mitarbeiterin aus deiner Asylunterkunft hatte dies erkannt, sich mit deiner Klassenlehrerin in Verbindung gesetzt und darauf gedrängt, dich durch einen Klassenwechsel von deinem Peiniger zu trennen. In ihrer Arroganz und Selbstüberschätzung hatte die dies abgelehnt und behauptet, die Sache im Griff zu haben. Irgendwann hattest du dich dann in der Schulküche zur Wehr gesetzt – mit einem zufällig da liegenden Küchenmesser. Anschließend war deine Klassenlehrerin unfähig gewesen, eigene Fehler in der Sache zu erkennen. Stattdessen hatte sie sich selbst als Opfer der besonderen Umstände geriert und lediglich ein Interesse geäußert. Sie rief nach Supervision, zu ihrer seelischen Entlastung. Der Skandal wurde offenkundig. Man hatte dich wissentlich deinem Peiniger ausgesetzt.

Angesichts der Ignoranz der Staatsanwaltschaft scheiterten damals meine Bemühungen, dich alternativ zur U-Haft in einer betreuten Wohngruppe unterbringen zu können. Man wertete dein Handeln als klaren Mordversuch, und deshalb musstest ein halbes Jahr in U-Haft verbringen. Erst während der Hauptverhandlung nahm man den Tatvorwurf zurück und beließ es bei einem versuchten Totschlag, wegen dem du dann auch zu einer Jugendstrafe von zwei Jahren verurteilt wurdest, deren Rest man zur Bewährung aussetzte. Das Trauma der halbjährigen U-Haft wäre dir erspart geblieben, hätte man von Anfang an auf den völlig überzogenen Tatvorwurf verzichtet. Nach dem Urteil lebtest du fortan in der Wohngruppe, die ich dir beschafft hatte, und du entwickeltest dich positiv.

Wie fatal sich die skandalöse Haltung der Justiz, die dich ohne Not sechs Monate in U-Haft gehalten hatte, auf dein Leben auswirkte, zeigte sich erst ein Jahr später. Da hatte ich plötzlich wieder mit dir zu tun. Du galtest als Bewährungsversager, weil du in einem Schuh 100 Gramm Haschisch in den Jugendknast hattest einschmuggeln wollen und man dich dabei erwischt hatte. Wiederum recherchierte ich und deckte einen weiteren Skandal auf. In der U-Haft hatte man dich seinerzeit zu einem Bengalen in die Zelle gesteckt. Dessen wahres Alter war unklar gewesen, es war aber auf ca. fünfundzwanzig Jahre geschätzt worden. Er hatte behauptet, unter einundzwanzig Jahre alt zu sein, und nur deshalb musste er nun vor ein Jugendgericht. Ohne Nachweis seines Erwachsenenalters hätte man ihn so lediglich zu einer Höchststrafe von zehn Jahren verurteilen können für den Tatvorwurf, einem Landsmann enthauptet zu haben. Zu diesem Menschen also hatte man dich gesteckt, einen Vierzehnjährigen, der wie zwölf aussah und der ein halbjähriges Martyrium hinter sich hatte, aus dem er sich mit einer Verzweiflungstat befreien zu müssen geglaubt hatte. Dieser Mensch hatte sich dich als Sexualobjekt genommen, dich körperlich und seelisch von sich abhängig gemacht. Und er hatte dich letztlich gezwungen, ihm nach deiner Entlassung mit regelmäßigen Haschischlieferungen das Leben im Knast zu erleichtern.

Eine Besonderheit in Jugendstrafverfahren ist ja, dass die Öffentlichkeit davon ausgeschlossen ist. Dies ist letztlich auch der Grund, weshalb all die von dir erlittenen Ungeheuerlichkeiten staatlicher Behörden, sowohl von Schule als auch von Justiz, der Öffentlichkeit verborgen bleiben konnten. Dein Fall ist kein Einzelfall. Ich könnte aus meiner beruflichen Erfahrung noch zahlreiche Geschichten mit ähnlicher Qualität über staatliches Versagen schildern. Leider habe ich es nicht getan, weder in deinem Fall noch in einem anderen.

Nun stehst du vor mir und hältst mir diese Mohnblume entgegen. Nein, bedanke dich nicht, denn das habe ich nicht verdient. Alles in mir schrie damals danach, diesen Skandal, mit dem dein junges Leben ruiniert wurde, öffentlich zu machen. Aber dennoch habe ich es nicht getan – wohl aus Furcht um diesen jämmerlichen Job, den ich in Gefahr sah.

Verzeih mir meine Feigheit.

Im falschen Film

Noch zwei Stunden, dann werden sie mich holen, auf die blutverschmierte Bank legen und köpfen. Seit dem Urteil hatte ich gerade mal einen Tag Zeit, darüber nachzudenken, wie es soweit kommen konnte.

In der Urteilsverkündung war neben der Feststellung, ich hätte einen Menschen aus niedrigen Beweggründen getötet, auch der Vorwurf zu hören gewesen, ich hätte mein Leben geradewegs auf diese Tat zulaufen lassen. Schon vor dem Urteil hatte sich der psychiatrische Gutachter breit darüber ausgelassen, mir gehe die Fähigkeit zu Mitgefühl, Liebe und Nächstenliebe vollständig ab.

Ist das etwa meine Schuld? Wer hat mich denn gelehrt, so etwas zu empfinden? Diese Kerle und Weiber im Heim, die sich für Erzieher hielten, nur weil sie als solche beschäftigt und bezahlt wurden? Die sich aber, anstatt mir etwas beizubringen, in meinem Beisein ständig über ihr eigenes Leben austauschten, so als sei ich ein Gegenstand, der sich zufällig im Raum befand und der nicht weiter zu beachten war? Diese Typen, die, anstatt zwischen und Zöglingen Zuneigung und Kameradschaft zu fördern, uns gegeneinander ausspielten und aufeinander hetzten? Und später all diese Weiber, die Zuneigung heuchelten, mich aber bei der kleinsten Schwierigkeit verließen?

Dieser Gutachter hat auch behauptet, mein Leben sei vor dem Hintergrund zu sehen, dass ich nie eine positive Grundhaltung zu Pflichten und Arbeit entwickelt habe. Ist das auch meine Schuld? Der hat gut reden. Der musste bestimmt niemals Zwangsarbeit verrichten, so wie ich. Mit 13 Jahren schickten sie uns ins Moor zum Torfstechen, mit 15 kam ich in eine Steinsetzerlehre, in der ich frühzeitig lernte, für wenig Geld den Buckel krumm zu machen. Wovon redet der eigentlich, wenn der sagt, aus Arbeit könne man Zufriedenheit und Genugtuung schöpfen, könne man sich Erfolge erarbeiten, mit denen man seine Selbstachtung entwickeln und steigern könne? Arbeit ist Mühe und Schmerz, sonst nichts.

Es sind zwei völlig unterschiedliche Welten, in denen dieser Professor und ich leben – mit einem scharfen, unüberwindlichen Trennstrich dazwischen! Wer hat dafür gesorgt, dass solch scharfe Kontraste zwischen den Menschen möglich sind? Wer hat den Professor, wer hat mich so werden lassen? Wer lässt solche Entwicklungen zu? Wer profitiert davon, den einen als gütigen, intelligenten Menschen erscheinen zu lassen und den anderen als brutalen Kerl, der gleich einem tollwütigen Hund beseitigt werden muss? Wer macht diese Welt so ungerecht, wie sie ist? Und wer bestimmt, was gerecht ist?

Wir passen nicht zusammen. Mit dieser Welt kann ich nichts anfangen. Aber diese Welt braucht solche Typen wie mich – als abschreckendes Beispiel und um an ihnen ein Exempel statuieren zu können. Es ist gut, dass sie mich gleich holen werden.

Die alltägliche Hölle

Der 17. September 2018 begann für Cornelia als ein echter Scheißtag. Der Wecker hatte schon wieder gestreikt. Für einen neuen Satz Batterien hatte es im Hartz-IV-Budget irgendwie nicht gereicht, und so hatte sie die Kapazität der alten Batterien ausreizen müssen.

Die Zeitansage im Radio machte ihr klar, dass ihr nur noch vierzig Minuten bis zu ihrem Routinetermin bei der Arbeitsagentur verblieben. Das reichte gerade für eine notdürftige Gesichtswäsche und nachlässiges Zähneputzen, an die sich kurze, wütende Bürstenstriche über das halblange Haupthaar anschlossen. Dann stürzte sie hinaus, kam aber sofort wutschnaubend zurück, um den vergessenen Helm zu grapschen und ihn sich über den Kopf zu stülpen. Der Roller sprang netterweise ohne Murren an. Und tatsächlich schaffte sie es, zwei Minuten vor ihrem Termin das Gebäude der Arbeitsagentur zu betreten. Nach kurzer Orientierung am Wegweiser im Eingang machte sie sich flinkfüßig auf den Weg, der sie über zwei Etagen und drei Querflügel zum Büro ihres Sachbearbeiters führte.

Sie klopfte und öffnete gleichzeitig die Tür, was ihr einen missbilligenden Blick des Herrn Kahle einbrachte, der gerade frühstückte. Mit einer gemurmelten Entschuldigung und einem abschließenden „Ich warte draußen" zog sie von außen die Tür wieder zu und ließ sich auf die extra für Hartz-IV-Fälle vorgesehene Büßerbank sinken. Endlich, nach gefühlten dreißig Minuten, in denen sich Cornelia mehrfach gefragt hatte, weshalb sie sich denn so beeilt hatte, öffnete Kahle mit gnädiger Miene die Tür und ließ sie ein. Sie setzte sich auf den ihr zugewiesenen Besucherstuhl, dessen abgegriffene Holzlehnen nach Angstschweiß rochen, und harrte nun der Dinge, die da kommen sollten.

Ihr sonniges Gemüt und ihre positive Ausstrahlung wurden von Kahle auf eine harte Probe gestellt. Seinem Namen macht der alle Ehre, dachte

Cornelia, als sie den zarten Flaum auf seinem sonst kahlen Kopf betrachtete. Der war von einer seltsamen Röte, so als müsse er sich unentwegt wegen seiner unanständigen Tätigkeit schämen. Gleich würde er sie wieder nach ihren Bemühungen und Bewerbungen fragen – wie stets mit diesem unsicheren, linkischen Blick, haarscharf an ihr vorbei auf die linke obere Ecke der Tür gerichtet. So wie der sich benahm, würde er sicherlich niemals eine andere Arbeit machen dürfen als diese hier. Er gab hier den Prellbock für all jene Abgehängten, die immer noch der Illusion nachhingen, irgendwann doch eine Stelle zu bekommen, die sie ernähren konnte, und die einstweilen etwas zum Abreagieren brauchten. Der hatte bestimmt schon hundertmal gehört, dass man sich von ihm und diesem Laden hier verscheißert fühle, und gewiss hatte der genauso oft diesen Vorwurf geflissentlich überhört – aus Angst vor den Menschen, die ihm gegenübersaßen und die unter den Auswirkungen menschenverachtender Gesetzgebung noch mehr zu leiden hatten als er selbst.

Cornelia musste also das, was sie beim heutigen Eintreten antizipiert hatte, genau so wiedererleben wie bei all ihren bisherigen Besuchen. Dann durfte sie gehen. Nun hatte sie vier Wochen Zeit bis zum nächsten dieser Horrortermine.

Beim Verlassen des Gebäudes hatte sie eine Erkenntnis. Ihr wurde klar, in einer privilegierten Situation zu sein. Sie hatte nun einen ganzen Monat Zeit, ganz ohne weitere Belästigung. Kahle blieben schätzungsweise nur zwei Minuten, bis er die nächste, für ihn unerträgliche Situation mit einem Arbeitssuchenden zu bestehen hatte. Cornelias sonniges Gemüt gewann bei diesem tröstlichen Gedanken wieder die Oberhand.

Wer bin ich?

Wer ist nicht von mir besessen,
wer will nicht durch mich obsiegen?
Wer kann Verletzungen vergessen,
wer will wirklich unterliegen?

Grau gewandet geh ich vor,
tarne mich, bin schattenlos,
verleugne mich, täusch Edles vor
und strafe Menschen gnadenlos.

Wer mich nutzt, wird süchtig prompt.
Ich kratze Spur´n in jeden Lack,
wenn das Gefühl der Leere kommt
und ein schaler Beigeschmack.

Wer mich nimmt, entfesselt Kräfte,
die ihn in große Höhen tragen,
doch für niedere Geschäfte
geht´s manchem später an den Kragen.

Ich entschädige für Not,
Erlittenes und schlimm Erlebtes.
Täuschung ist mein täglich Brot,
wo ich zum Zuge komm, da bebt es.

Weltweit bin ich die einzig wahre
Hoffnung unterleg´ner Streiter,
von der Wiege bis zur Bahre
bin ich ihr ständiger Begleiter.

Zu kurz Gekommene aller Art
aber auch die wirklich Reichen
führe ich auf ihrem Pfad
stell für sie die richt´gen Weichen.

Das Leben, denkbar ohne mich?
Schön wär´s, doch leider ist´s ein Traum;
denn die Menschen streiten sich
und nur wer siegt, der braucht mich kaum.

Zu Großem kann ich Menschen bringen,
kann ihre Fantasie beflügeln.
Und wer mich nutzt, kann vieles zwingen,
doch lasse ich mich niemals zügeln.

Wer mich genießt, will immer mehr,
wenn sonst vor Leid der Körper bebt.
Doch der Kopf ist wüst und leer,
habe ich mich ausgelebt.

Edelmut ist mir ein Graus,
nur der Sanften Privileg.
Untergeh´n mit Mann und Maus,
Zerstörung ist mein einz´ger Weg.

Irgendwie bin ich ein Zwitter:
Für die einen bin ich süß,
für die and´ren war ich bitter,
wenn meine Macht ich spüren ließ.

Verzeih´n Sie meine Ungeduld,
ich hab mich noch nicht vorgestellt:
Am Los der Menschheit trag ich Schuld,
Rache nennt mich diese Welt.

Von zwei Typen, die manch einer zum Teufel wünscht …

Die Vorhölle war wohltemperiert. Der Teufel persönlich, wie stets gekleidet in seinen eleganten schwarzen Anzug, aus dem vorwitzig eine rote Fliege hervorlugte, die ihrerseits auf dem blendend weißen Hemd prangte, thronte auf einem wuchtigen Sessel aus Ebenholz hinter einem imposanten Schreibtisch, der aus dem gleichen Material gefertigt war. Der Fürst der Hölle setzte eine zugleich streng und unnahbar wirkende Miene auf und wies einen Diener an, ihm die zwei wartenden Sünder vorzuführen.

Mit einer lässigen Handbewegung bedeutete er den Eintretenden, auf den Besuchersessel Platz zu nehmen. Wieder einmal stellte er bei sich amüsiert fest, wie eingeschüchtert und armselig diese Typen doch stets wirkten, wenn sie ihm vorgeführt wurden. Und dabei waren es ausgerechnet jene, die in ihrer Welt arrogant, herrisch und unerbittlich mit den ihnen ausgelieferten Mitmenschen herumgesprungen waren. Nun sah er beide abwechselnd eine Zeit lang prüfend an, und die Spannung in ihnen schien sich bis ins Unerträgliche zu steigern. Endlich sah der jüngere der Eingetretenen, Mark Zuckerberg, auf und richtete seinen Blick auf den anderen Vorgeführten. Sichtlich erschrocken nahm der junge und wenig lebenserfahrene Unternehmer seinen Mut zusammen und trat die Flucht nach vorn an.

„Wieso muss ich mit diesem Monster hier erscheinen? Es kann ihnen doch nicht verborgen geblieben sein, dass ich jüdischer Abstammung bin. Dieser Unmensch da ist mitschuldig an dem millionenfachen Mord, der an Juden begangen wurde. Auch ein Teil meiner Familie wurde seinerzeit von diesen Massenmördern systematisch umgebracht. Der hier hat in dem selbst ernannten Herrenvolk mit seiner Propagandamaschinerie unendlichen Hass gesät und ihm stinkende braune Masse ins Hirn gepumpt. Er ist Wegbereiter und geistiger Urheber für diese Gräueltaten, die an Juden begangen wurden."

Der Teufel lenkte seinen Blick von Zuckerberg auf den zweiten Angeklagten vor ihm und setzte eine gespannt fragende Miene auf.

Joseph Goebbels räusperte sich vernehmlich und stellte nun mit einer Bewegung, die wohl herrisch wirken sollte, seinen rechten Klumpfuß vor. Dabei streifte sein Blick den imposanten Pferdefuß des Teufels. Er schien im gleichen Augenblick zu begreifen, dass seine herrische Geste davor lächerlich wirken musste.

„Diesen Juden kenne ich nicht", sagte er mit Schnappatmung. „Ich frage mich, weshalb ich hier mit so einem konfrontiert werde. Ein paar von denen haben es wohl nach Amerika geschafft, und nun tun sie sich aus sicherer Entfernung dicke. Darüber hinaus frage ich mich, wieso ich mit so einem Niemand hier vor ihnen sitzen muss, Herr Teufel."

Der Angesprochene lehnte sich, sichtlich unduldsam und deshalb schwer ausatmend, in seinem Sessel zurück. Dann begann er, diesen vor ihm hockenden Pseudogermanen aufzuklären.

„Erstens, Herr Goebbels (der Teufel betonte alle Silben der Anrede und des Namens), sitzen sie nun seit über siebzig Jahren hier in der Vorhölle und warten auf eine Entscheidung. Aber auch wir haben unsere Formalitäten. Wir haben sie hier so lange schmoren lassen, bis wir eine geeignete Person fanden, mit der sie sich hier gemeinsam verantworten sollen. Dies ist das übliche Verfahren bei uns, um die jeweiligen Verfehlungen kontrastreicher herausarbeiten zu können. Sie sitzen hier, weil sie nicht nur den erwähnten Massenmord an den Juden, sondern auch an anderen Völkern und ihnen unbequemen Minderheiten mit zu verantworten haben. Dazu kommt noch der sechsfache Mord an ihren eigenen Kindern. Nach ihrem Suizid waren sie zweitens bewusst abgeschottet von allen Informationen über den Fortgang der Geschichte. Sie wissen also gar nicht, was heutzutage da oben los ist. Drittens ist ihre Art und Weise, Menschen zu manipulieren und für verbrecherische Zwecke auszunutzen, kein Privileg deutscher Herrenmenschen. Lassen sie es sich gesagt sein: Es gibt noch eine Menge anderer Möglichkeiten und Methoden, Menschen zu verängstigen, sie am Denken zu hindern, sie abhängig, gefügig, willenlos und ausbeutbar zu machen. Und das um einiges eleganter, als sie es taten. Es funktioniert auch ohne physische Vernichtung. Es genügt, zu verhindern, dass Menschen einen eigenen Willen entwickeln und sich damit behaupten. Es reicht aus, dass sie sich nur als atomisierte Einzelwesen sehen und nicht erkennen können, dass soziales und solidarisches Verhalten sie erst zum Menschen macht. Nicht wahr, Mister Zuckerberg, da können sie doch Beispiele liefern?"

„Was soll ich denn mit dem da – dabei zeigte Zuckerberg mit einer Miene, die tiefste Abscheu verriet, auf Goebbels – gemein haben? Ich habe niemanden auf dem Gewissen. Ich bin Geschäftsmann und hatte mit einer grandiosen Idee Erfolg. Ich wollte Menschen über das Internet einander näher zu bringen, sie schrankenlos miteinander kommunizieren zu lassen. Wie soll ich mich denn an meinen Mitmenschen vergangen haben?"

„Vorweg mal gleich eine Klarstellung", fuhr der Teufel barsch dazwischen. „Es war gar nicht ihre Idee, Mister Zuckerberg, sondern sie haben diese Idee anderen schlichtweg geklaut und sie schamlos betrogen. Aber das ist für uns hier eine Marginalie, also betrachten sie diesen Vorwurf als erledigt, sozusagen als geschenkt. Sie sind soeben verstorben, also können wir der Einfachheit halber noch über die Gegenwart reden. Ihre eigentlichen Sünden sind darin zu sehen, dass sie die geklaute und ursprünglich ganz nette Idee obendrein pervertierten und gegen die Interessen der Menschheit einsetzten. Sie haben ein Imperium aufgebaut, mit dem Sie inzwischen eine Milliarde Menschen unter Ihren fatalen Einfluss gebracht haben – ein Siebtel der Weltbevölkerung. Sie nutzen Ihr *Facebook*, um ganze Völker zu verdummen, sie von den wichtigen Dingen des Lebens fernzuhalten. Mit Ihrem Produkt kommen sie ganz harmlos daher und tun so, als seien sie unschuldig am heutigen Elend der Welt. *Facebook* tarnen sie als Zeitvertreib für junge und sich jung fühlende Generationen. Tatsächlich bereiten sie damit den Boden für dunkle Machenschaften, aber machen sich dabei niemals selbst die Hände schmutzig. Und nun tun sie so, als seien sie zu dumm, zu begreifen, was sie da eigentlich anrichten und in welcher historischen Dimension sich das abspielt. Aber was für uns hier unten zählt, ist allein das schreckliche Resultat. Sie entlocken ihnen intime Daten, um damit Milliarden Dollar zu scheffeln. Diese Informationen geben sie skrupellos an Wirtschafts-kartelle, Diktatoren und sogar Geheimdienste weiter. Und die bauen damit ihre Macht über alle Menschen aus, denen sie Geheimnisse entlockten. Die alle sind stets lückenlos überprüfbar, manipulierbar, ausbeutbar, und der Großteil ist nicht mehr in der Lage, dies überhaupt zu begreifen. Obendrein sind sie so dreist, all jene öffentlich zu verdächtigen, etwas zu verbergen zu haben, die ihr Spiel durchschaut haben und es deshalb nicht mitspielen. Alle Leute ihres Schlages, die mit ihnen in der gleichen Gold-grube schürfen, ob die nun Bill Gates, Steve Jobs oder Mark Zuckerberg heißen, helfen mit, die Menschheit zu versklaven. All das nur mit einer simplen Maschine, die eigentlich dazu ersonnen wurde, das Leben der Menschen zu erleichtern – was sie ja prinzipiell auch könnte, wenn sie und die anderen nicht ihr schmutziges Geschäft betrieben. Sie gaukeln den Menschen eine schöne neue Welt vor, aber tatsächlich schaffen sie ein Milliardenheer nützlicher Idioten. Übrigens, wir hatten hier mal einen, Orwell hieß der, der hat diesen Mechanismus aus Gehirnwäsche und totaler Knechtschaft ganz nett beschrieben. Das Buch hieß *1984*, und Sie sollten es eigentlich kennen, Mister Zuckerberg."

Der Teufel gönnte sich eine kleine Redepause, in der er hörbar einen tiefen Atemzug nahm, dann fuhr er fort: „Sie beide, Mister Zuckerberg, Herr Goebbels, dienen im Grunde derselben Sache. Mögen Ihre Methoden auch recht unterschiedlich sein, so haben Sie doch beide mitgewirkt an massenhafter Unterdrückung. Die eine Methode ist ziemlich plumpe Propaganda, das Zerrbild vom Untermenschen, der ausgerottet gehört, mit Massenmord als Konsequenz. Die andere, ihre Methode, Mister Zucker-berg, ist scheinbar eleganter, weil sie vordergründig auf physische Vernichtung verzichten können. Ihre Mär von der persönlichen Freiheit durch die Möglichkeiten des Computerzeitalters wird von zu vielen gern geglaubt. So begeben die sich freiwillig in Abhängigkeit und Manipulierbarkeit. Die merken dann gar nicht, dass sie ebenso in Diktaturen gelenkt werden, wie sie in der Weltgeschichte schon zahlreich existiert haben. Und irgendwann kann man solche manipulierbaren Massen ohne Widerstand zu politischen Exzessen führen, kann man Massenmord als gesellschaftlich notwendig, alternativlos und unabwendbar verkaufen, ohne dass noch jemand dagegen aufmuckt. Auch sie, Mister Zuckerberg, um bei ihrem eigenen drastischen Bild über Herrn Goebbels zu bleiben, scheißen den Menschen massenweise ins Gehirn. Auch wenn auf den ersten Blick Ihre Methode humaner erscheint als die des Herrn Goebbels, ist sie doch nicht weniger erfolgreich und erst recht nicht weniger verwerflich. Gerade als Jude, als Angehöriger eines Volkes, das wie kein anderes unter einer faschistischen Diktatur gelitten hat, müssten sie doch ein besonderes Interesse haben, derartige Tendenzen künftig zu verhindern und unmöglich zu machen. Sie könnten die Menschheit über die Mechanismen aufklären, die zum Faschismus führen. Mit ihrem Riesenapparat hätten sie dazu doch glänzende Möglichkeiten. Doch welche Lehre haben sie stattdessen gezogen? Sie helfen munter mit, den Boden für einen neuen Faschismus zu bereiten, und obendrein scheffeln Sie noch Milliarden Dollar damit."

Mit zunehmender Erregung hatte Goebbels den Worten des Teufels gelauscht. Nun brach es aus ihm heraus, und euphorisch tönte er: „Ich weiß ja nicht, was dieses *Fehsbuck* genau sein soll, aber das hört sich ja wirklich fantastisch an. Wenn wir damals über solche Möglichkeiten verfügt hätten, wäre wohl manche Kritik unnötig gewesen und uns erspart geblieben. Vielleicht wären ja die USA gar nicht unser Gegner geworden, und wir könnten ganz Europa, Vorderasien und den Mittelmeerraum beherrschen. Na, das ist ja eine tolle Geschichte." Seine Rede beendete der ehemalige Reichspropagandaminister mit der für ihn typischen herrischen, ausladenden Bewegung seines linken Handrückens.

Zuckerberg schien eine Weile ratlos und sprachlos. Mit offenem Mund saß er da und ließ Goebbbels Worte in seinem Kopf nachhallen. Schließlich raffte er sich zu einer hilflosen, stammelnd vorgebrachten Entgegnung auf: „Das ist ja einfach nur ekelhaft. Was soll ich denn mit diesem Monster hier gemein haben?"

„Sie dienen beide demselben Herrn. Das haben sie mit den Nazis gemein. Faschismus ist immer nur die konsequente Form bürgerlicher Herrschaft. Ja, wie soll ich Ihnen das erklären? Ihr Zeitgenosse Brecht, Herr Goebbels, hat das mal so charakterisiert: *Freiheit im Kapitalismus – das ist die Freiheit eines freien Fuchses in einem freien Hühnerstall.* Das trifft wohl den Kern. Solange in so genannten freien kapitalistischen Gesellschaften der Anschein aufrecht erhalten werden kann, es gäbe tatsächlich Freiheit und Gerechtigkeit für alle und nicht nur für wenige Mächtige, solange die überwiegende Mehrheit nicht an den Widersprüchen verzweifelt und sich dagegen wehrt – so lange ist es ihr Job und der ihrer Kumpane, Mister Zuckerberg, die Massen bei der Stange zu halten. Ihr Produkt *Facebook* eignet sich offensichtlich hervorragend für diese Aufgabe. Ihr Credo heißt doch: grenzenlose Freiheit, Freundschaft, Teilhabe. Ziemlich verlogen, oder?"

Dann wandte er sich zu Goebbels: „Und wenn die Widersprüche nicht mehr zu übersehen sind, wenn Verelendung mal wieder zum Massenschicksal wurde, und wenn die Menschen angesichts dieser scheinbar ausweglosen Situation über andere Lösungen jenseits des Kapitalismus nachdenken, wenn die Maske von Freiheit und Wohlstand mal wieder verrutscht und die Fratze des Kapitalismus sichtbar wird, dann kommen sie und ihresgleichen ins Spiel, Herr Goebbels. Wenn nichts mehr geht, geht immer noch Faschismus. Dann präsentieren sie den Verzweifelten Sündenböcke, die an der jeweiligen Misere schuld sein sollen. Das alles dient nur als Methode, um von den wahren Schuldigen ablenken und die Fortführung ihrer menschenfeindlichen Tätigkeiten ermöglichen zu können. Dann trifft es wahllos Volksgruppen mit besonderen Merkmalen, die sich gerade als Opfer anbieten: Mal sind es Dunkelhäutige, mal Blondhaarige, mal Zigeuner, mal Muslime, mal eben Juden oder andere, und stets politische Gegner. Sehen wir uns doch in der Weltgeschichte um. Es ist überall das gleiche Spiel, es wiederholt sich nur in Varianten, ob in Italien, Deutschland, Spanien, Griechenland, Chile, Argentinien, in der Türkei, auf dem Balkan, im Nahen Osten, in Südamerika oder sonst wo auf der Welt. Und was zum Beispiel die USA weltweit veranstalten, wie sie lügen, betrügen, bedrohen, bekämpfen, töten und unliebsame Gegner verschwinden lassen, wie sie Menschen draußen in aller Welt und auch im eigenen Land drangsalieren, lässt mich sie ebenfalls in diese Aufzählung aufnehmen. Faschistische Diktatoren handeln entweder im direkten Auftrag oder zumindest im erklärten Interesse des Kapitals. Und es gilt, diese Option stets offen zu halten. In diesem Zusammenhang wird es Sie freuen zu hören, Herr Goebbels: Die Nachfolger Ihrer Parteiorganisation feiern in Deutschland fröhliche Urständ. Und es wird von staatlichen Organen nicht nur geduldet, sondern sogar verdeckt unterstützt – wenn auch in letzter Zeit dabei einige Pannen passiert sind. Selbstverständlich wird dann stets entrüstet zurückgewiesen, so etwas gefördert zu haben, denn schließlich muss der Anschein gewahrt bleiben, man habe damit nichts zu tun. Deutlich wird jedenfalls, dass solche Tendenzen am Köcheln gehalten werden müssen, weil man sie irgendwann wieder brauchen und dann ratzfatz aus dem Hut zaubern kann. Ja, es muss vorgesorgt werden für den Fall, dass Mister Zuckerberg und Konsorten ihr Geschäft nicht mehr im Griff haben. Nicht wahr, Herr Goebbels. Auch sie wurden irgendwann mit Ihren Fantasieprodukten in Film, Funk und Presse nicht mehr für voll genommen, und da muss man vorbeugen. Da möchte ich noch jemanden zitieren, einen Ihrer Landsleute, Mister Zuckerberg, und zugleich einen Ihrer Zeitgenossen, Herr Goebbels. Eisenhower soll das Problem wie folgt beschrieben haben: *Man kann alle Leute eine Zeit lang belügen, man kann einige Leute alle Zeit belügen, aber man kann nicht alle Leute die gesamte Zeit belügen.* Da hat er sicherlich recht gehabt, und es war jemand, der ihrer Art und Weise, die Welt zu betrachten, ziemlich nahe stand, Mister Zuckerberg."

Ungefähr fünf Minuten herrschte hartnäckiges Schweigen. Allerdings schien es in den Köpfen der zwei Gesprächspartner des Höllenfürsten hektisch zuzugehen, was an ihren Augen ablesbar war. Der Teufel betrachtete sie abwechselnd und zunehmend amüsiert. Schließlich platzte es aus Zuckerberg heraus: „Na schön, sie haben uns nachweisen können, dass wir beide uns trotz vermeintlicher unüberbrückbarer Gegensätze in unseren Grundeinstellungen näher sind, als wir es uns bisher nur haben vorstellen können. Sie denken, wir hätten beide schwere Sünden an der Menschheit begangen und müssten dafür büßen. Also sprechen sie es endlich und geradeheraus aus. Wir kommen in die Hölle, basta!"

Niemals vorher hatte sich Joseph Goebbels vorstellen können, mit einem Juden in einer so existenziellen Frage übereinzustimmen. Aber nun nickte er heftig mit seinem einst für arisch gehaltenen Charakterkopf und bölkte: „Jawohl! Der Jude hat recht! Es muss von der Vorsehung bestimmt sein, dass wir beide an einem Strang der Geschichte gezogen haben. Zwar seriell, ich vor ihm, er nach mir, aber beide in dieselbe Richtung und einem gemeinsamen höheren Zweck dienend. Wenn das Schuld sein soll, sind wir beide eben zur Hölle verdammt!" Mit der gleichen albernen Handbewegung wie schon Minuten vorher schloss er dann seine bedeutungsvolle Rede ab.

Grinsend nahm der Teufel diese Einlassungen zur Kenntnis, und dann sagte er: „Ja, es ist wahr. Sie beide sind schuldig. Beide haben sie sich an den Interessen der Menschheit, die ausgerichtet sein sollten auf das Ziel der Befreiung von Knechtschaft, Unterdrückung und Gewalt, schuldig gemacht. Aber ich muss sie enttäuschen. Solche verkommenen Typen wie sie kommen mir nicht in meine Hölle, so etwas dulde ich hier nicht. Ich muss meinen Laden sauber halten von solchem Abschaum. Von mir aus können sie beide zum Himmel fahren."

„Was sollen wir beide denn im Himmel?", fragten die beiden Abgewiesenen unisono.

„Na gut", seufzte der Teufel, „dann will ich sie mal aufklären. Es ist alles nur der perfiden Propaganda derer da oben und ihrer Helfershelfer in Rom zu verdanken, dass die Hölle einen so schlechten Ruf hat. Dass alle Welt glaubt, die Guten kämen in den Himmel. Tatsächlich ist es aber umgekehrt. Da oben werden sie alle Monster der Weltgeschichte wiedertreffen, mit ihnen auf ewig vereint sein. Bei mir in meiner Hölle, bei wohliger Wärme, können nur die guten Menschen bleiben."

„Das ist doch nur ein böser Witz", stammelte Goebbels, und Zuckerberg pflichtete ihm nickend bei.

„Nein, Herr Goebbels, das ist kein Witz. Die haben es da oben tatsächlich geschafft, mir solch ein negatives Image zu verpassen und sich selbst einen Heiligenschein. Apropos Witz: Es wäre doch wohl ein Treppenwitz, ausgerechnet ihnen beiden erzählen zu wollen, welche machtvolle Wirkung man mit Propaganda erzielen kann. Also marsch, ab nach oben! Solche Typen wie sie beide könnte ich hier auf Dauer nicht ertragen", sagte er zum Abschied, und man konnte seinem Tonfall entnehmen, dass er nun ungehalten wurde.

Dann wandte er sich, ohne die beiden weiter zu beachten, demonstrativ seinem auf dem Schreibtisch stehenden Rechner zu. Nur mit verzogenem Gesicht, in dessen Mundwinkeln sein ganzer Ekel ablesbar war, gelang es ihm noch, mit spitzem Zeigefinger den virtuellen *Gefällt-mir-Button* zu drücken.

Die Tagschläfer – eine Gutenachtgeschichte

In unserer Stadt lebt eine Familie, die hat sich daran gewöhnen müssen, die Nacht zum Tage zu machen. Wenn es abends dämmert, klingelt für sie kein Wecker. Doch sie wird von den vielen Gutenachtgeschichten wach, die man dann aus den Radios und Fernsehern hört oder die Nachtschläfer ihren Kindern erzählen, um sie auf die Nachtruhe vorzubereiten. Danach kommen dann die Geschichten, die in den vielen Nachrichtensendungen erzählt werden und die über das Unglück anderer Menschen auf der großen Erde berichten. Und wenn diese Geschichten aus den offenen Fenstern heraustönen, dann müssen die Mutter, der Vater und die Kinder dieser Familie ihre Schlafsäcke einrollen, ihre Plastiktüten nehmen und sich auf den Weg machen.

Sie sind nämlich wohnungslos. Tagsüber schlafen sie an Orten, an denen man im Winter nicht so schnell erfriert und an denen man sich im Sommer leidlich vor der Hitze schützen kann. Nachts aber streichen sie umher, um wach zu bleiben in den harten Winternächten, in denen man vom Kältetod überrascht werden kann. Sie wollen auch vor den Menschen sicher sein, die sonst in der Nacht über sie stolpern könnten und sie dann als Penner beschimpfen würden. Die Eltern haben keine Arbeit, denn die gibt ihnen wegen ihres Lebenswandels niemand. Und weil sie keine Arbeit haben, bekommen sie auch keine Wohnung. Ihre Kinder können nicht zur Schule gehen, denn Nachtschulen gibt es nicht. Und keinem Schulamt ist jemals aufgefallen, dass sie tagsüber eigentlich zur Schule gehen müssten.

So lebt die Familie schon eine sehr lange Zeit, ohne dass sich jemals die Nachtschläfer wirklich daran störten. Schon das Hinschauen vermeiden sie, weil ihnen die bloße Existenz der Tagschläfer ein schlechtes Gewissen machen könnte. Nur ein im Dienst ergrauter Polizist, der stets nachts im Viertel Streife geht, um die Nachtschläfer zu schützen, sieht die Tagschläfer in ihrem Elend. Er bedauert sie dann und nimmt sich jedes

Mal vor, ihnen beim nächsten Mal zu helfen. Aber sein schwerer Dienstalltag lässt es ihn stets doch wieder vergessen.

Wahrscheinlich wird die Familie gerade jetzt wieder von den Nachtschläfern geweckt und muss sich auf den Weg machen, um auch in dieser Nacht durch die Straßen zu gehen und um diese Nacht zu überleben. Und dies wird sich wohl so lange wiederholen, bis wir Nachtschläfer uns endlich daran machen, ihnen zu helfen. Wir könnten ihnen, wenn wir es denn wollten, Wohnung und Arbeit besorgen und ihren Kindern einen Schulbesuch ermöglichen. Dies alles hast du aber ja, und darum kannst jetzt beruhigt einschlafen. Vielleicht werden wir die Tagschläfer morgen suchen – wenn wir sie nicht wieder vergessen haben.

Im Keller der Erlösung

Nur einen kurzen Augenblick
raubt dir dieser Schimmelgeruch den Atem,
und malträtiert er deine Sinne.
Wohlbekannt und wenig lästig
sind die Spinnennetze, die im Dunkeln,
fast zärtlich, dein Gesicht streicheln.

Auf der Treppe abwärts, ins Dunkle,
lässt du alle Vorsicht walten – so lange,
bis deine Pupillen notwendige Tiefenschärfe liefern
und die flackernde Kerze, deren heißen Wachs
du tropfenweise auf der Hand spürst,
eigentlich schon überflüssig ist.

Du betrittst deinen Lieblingsraum,
hier kennst du jeden Winkel, jedes Hindernis.
Hier lebst du auf nach des Tages Qual.
Hier besuchst du deine Lieben,
die hier liegen –akkurat ausgerichtet –
und sorgsam übereinandergestapelt.

Zärtlich und entschlossen zugleich
greifst du zu, packst sie am kalten Halse,
ziehst sie an dich und betrachtest sie
andächtig im flackernden Kerzenschein.
Du achtest sorgsam auf ihr Alter –
willst dich nicht vertun bei deiner Wahl.

Mit deinem Ärmel wischt du ihnen
liebevoll und bedächtig den Staub herunter.
Machst dich an ihrem Hals zu schaffen
und hörst wieder dieses seufzende,
Dankbarkeit bezeugende Geräusch,
wenn du sie endlich öffnest.

Deinen heißen Atem ertragen sie unwidersprochen,
und dann ergeben sie sich dir. Sei nicht so gierig,
denkst du noch, Genuss benötigt alle Sinne.
Doch du bist unfähig, abzulassen, bis alles getan ist,
bis die Wirkung dieser roten Köstlichkeit
dich überwältigt und dein Gedärm rumoren lässt.

Ein genüssliches Rülpsen übertönt kurz
dein schlechtes Gewissen, das dir flüstert:
HÖR ENDLICH AUF DAMIT!
Der kurze Moment deiner Erlösung wird bald, wie stets,
abgelöst von anhaltenden Gewissensbissen,
während du schamhaft der Kellertür entgegen fliehst.

Es ist wie immer – du nimmst kurz
Abschied, bis zum nächsten Mal.
Du ahnst, dass sie darüber tuscheln, was du so treibst.
Aber du weißt auch, dass du nicht allein bist.
Sie alle haben ihre eigenen Geheimnisse –
sie alle haben ihre eigenen Leichen im Keller.

Stallgeruch

„Dir fehlt der nötige Stallgeruch", hatten sie ihm gesagt. Diese Feststellung hatte als Anlass genügt, ihm kollektiv die Möglichkeit vorzuenthalten, es im Leben „zu etwas zu bringen", wie sie das nannten. Es zu etwas gebracht zu haben bedeutete, eine Position einnehmen zu können, die jemanden in all seinen Fähigkeiten forderte und die angemessen entlohnt wurde – vergütet sowohl mit materiellen Gütern als auch mit Eintrittskarten für die exklusiven Zirkel, also letztlich mit dem Zuteilen gesellschaftlichen Einflusses.

Lange hatte er mit sich gerungen. Jedes Mal, wenn er aufkommende Bedenken in jener Hirnregion bewältigt hatte, mit der er seine sperrige Moral und alle Zweifel vorzuverdauen pflegte, quollen aus irgendeiner Falte seines Hirns neue Bedenken hervor. Es war wie bei einer frischen Schnittwunde, die man mit Blutlecken zu stoppen versucht. Das Blut würde stetig weiter hervorquellen, seinem Ziel würde er so niemals näherkommen, dachte er sich. Scheinbar ziellos, abgestoßen vom eigenen Opportunismus und doch angezogen von den verlockenden Aussichten, torkelte er auf den fatalen Entschluss zu, es endlich zu wagen. Und irgendwann hatten sie ihn dann soweit. Es ging wohl doch nicht ohne Stallgeruch, dann musste er ihn eben annehmen, in drei Teufels Namen.

Bei der Suche nach geeigneten Ersatzgeruchsquellen hatte er mehrfach gemeint, eine echte Marktlücke ausgemacht zu haben, es aber dann doch unterlassen, daraus Profit zu schlagen. Warum, so fragte er sich einmal, war bisher keiner der großen Konzerne, die Raumsprays, Deoroller oder Parfüms vertrieben, auf die Idee gekommen, Stallgeruch zu vermarkten? Mussten sie nicht mit reißendem Absatz rechnen? Was hielt sie zurück? Bei Raumsprays beispielsweise wussten die Konsumenten – selbst bei geschlossenen Augen – dass sie nicht im Fichtenwald saßen, wenn sie mit einem entschlossenen Druck auf den Spraykopf unangenehme Gerüche bekämpften. Dennoch kauften und nutzten sie so etwas, obwohl es bei übermäßiger Dosierung tatsächlich so roch, wie es die Volksweisheit prophezeite: als ob jemand in den Fichtenwald geschissen hätte. Weshalb also kein Stallgeruch im handlichen Flakon?

Die Antwort auf diese Frage ging ihm auf, als er eines Morgens beim Müllentsorgen den Deckel der Tonne öffnete und ihm ein heftiger Gestank entgegenschlug. Auch Stallgeruch hatte oftmals penetrant seine Nase beleidigt. Der Stallgeruch von Leuten, die sich massenhaft um ihn herumgedrängelt hatten, ihre Konkurrenten mit erbarmungslosen Bissen vom Trog vertreibend. Eine Herde blökender, platzraubender, unsensibler, rücksichtsloser, nervtötender und furchtbar stinkender Viecher, so hatte er sie in Erinnerung. Ein solch ekliger Geruch, verbunden mit solchen negativen Assoziationen, ließ sich auch von den besonders ausgebufften Werbestrategen nicht vermarkten. Das musste die Erklärung sein. Außerdem war er jetzt überzeugt, dass sie echten Gestank erwarteten und keinen aus der Retorte. Alles hatte seinen Preis.

Ein letzter Zweifel fiel ihn an: so wollte er tatsächlich stinken? Nein, er wollte nicht, er musste. Nur wer reich war, konnte es sich leisten, auf Dauer das Parfüm des Erfolgs zu verschmähen. Plötzlich ging ihm die tiefere Bedeutung jenes Sprichwortes auf, das uns alle zum Dasein eines Raffkes verführen will: „Geld stinkt nicht". Das stimmt, dachte er sich. Und wer es besaß, durfte – wenn er mochte – ruhig nach Kernseife riechen. Das war den Stinkern dieser Welt einerlei.

Und darum also wollte er so werden wie sie, wollte er stinken wie sie, sollte ihm der Geruch des Erfolgs aus allen Knopflöchern strömen. Und deshalb tat er es. Tapfer ließ er sich nun auf sie ein, aufopferungsvoll suchte er nun ihre Nähe, obwohl es anfangs kaum auszuhalten war. Doch ihr beißender Gestank verblasste mit der Zeit und verflog irgendwann vollständig. Nun, wusste er, roch er für die Außenstehenden eindeutig nach Macht. Nun endlich hatte er den ersehnten Stallgeruch angenommen. Der Erfolg konnte nun ja nicht mehr ausbleiben. Die Thermik seines warmen, selbst produzierten Stallgeruchs würde ihn, gleich einer Fliege in einem mächtigen Elefantenfurz, in ungeahnte Höhen tragen.

Er brauchte Jahre, bis er begriff, dass er sich umsonst besudelt hatte. Sein Hirn, anfangs noch vom Wahn der Aufstiegserwartung umnebelt, hatte in dieser Zeit gearbeitet wie ein Sieb, in dem nur erwünschte Resultate hängen blieben. Die Wirklichkeit jedoch hatte er achtlos durchrauschen lassen, ohne sie tatsächlich zu beachten. Doch nun, als ihm nach Jahren allmählich sein Dilemma aufging, begann er wachsam zu registrieren, was die anderen taten, um erfolgreich zu sein. Die recht spät einsetzende Erkenntnis war bedrückend. Er hatte nicht genug getan. Es reichte nicht, nur vor sich hin zu stinken, lediglich den Stallgeruch wie ein bekennendes Transparent vor sich herzutragen. Stallgeruch, begriff er, war eine notwendige, aber längst keine hinreichende Bedingung und garantierte daher auch nicht den Erfolg. Er hatte zu beißen vergessen, musste er sich eingestehen. Völlig inkonsequent hatte er sich bisher verhalten. Wer sich schon in den Stall begab, musste sich auch einen Platz am Trog erkämpfen. Da hieß es, mit der nötigen Portion Aggressivität um sich zu beißen, wollte man erfolgreich sein. Nun musste er zusehen, wie der Platz am Trog immer knapper wurde, während von hinten durch die Tür immer mehr in den Stall drängten. Jetzt, wo er dem unmenschlichen Treiben mit anderen Augen zusah, konnte er die besonders Erfolgreichen ausmachen, wie sie in den Stall stürmten und sich – ohne lang zu zögern – ihre Gasse frei bissen, die ihnen in Rekordzeit einen Platz am Trog sicherte. Dort standen sie dann und fraßen sich voll, peinlich den Blickkontakt mit ihren Beißopfern meidend, die im Hintergrund verstört ihre Wunden leckten.

Nun endlich hatte er es begriffen. Noch einmal musste er sich überwinden, wollte er endgültig erfolgreich sein. Dem ersten Schritt musste konsequenterweise ein zweiter folgen. Ihm ging auf, dass er bisher nur einen Teil seiner Seele investiert hatte; doch wenn man sich mit dem Teufel auf einen Handel einließ, dann wollte der seine erbrachte Leistung gut bezahlt haben. Mit einer halben Seele würde der sich nicht zufriedengeben. Der würde die Ware bis zur vollständigen Begleichung der Schuld zurückhalten.

Als er sich nun im Spiegel betrachtete, erschrak er so sehr über seine vom Opportunismus gezeichnete Fratze, die ihm da entgegenblickte, dass er sich umgehend entschloss, seinem jämmerlichen Dasein ein Ende zu machen. Auch wenn sie ihn dazu gebracht haben mochten, unmenschlich zu riechen, wollte er doch nicht aufhören, menschlich zu handeln. Zum Kannibalen würden sie ihn nicht herabwürdigen können. Niemand konnte ihn zwingen, seine Artgenossen zu beißen. Weit hatten sie ihn treiben können in diese Entwürdigung. Jetzt war Schluss damit. Wer sich in seiner Situation, der jähen Erkenntnis des eigenen unmenschlichen Handelns, nicht erhob, den angerichteten Schaden nicht begrenzte und die Schädiger nicht unschädlich machte, entmenschlichte sich selbst. Bestrafen konnte er sie nicht, aber er wollte nun dafür sorgen, dass sie nicht noch andere dahin bringen konnten, wohin sie ihn gebracht hatten. Es galt, Schlimmeres zu verhüten. Sein Vorhaben verstand er als einen Akt der Wiedergutmachung an allen, die in die gleiche Lage wie er geraten waren oder aber noch Gefahr liefen, dorthin zu geraten. Endlich würde Schluss sein mit diesem Gestank, der zu nichts nütze war. Stallgeruch war kein Parfüm, kein Geruchsverbesserer. Er adelte niemals seinen Träger, wie man ihm weiszumachen versucht hatte. Stallgeruch war Stallgestank, eine Mischung unterschiedlicher übel riechender Gase, mit einem hohen Anteil an hochexplosivem Methan.

Ein letztes Mal betrat er den Saustall, diesmal mit grimmiger Miene. Entschlossen bahnte er sich einen Weg durch den Mob der Stinker und Beißer, um sich endlich in der Mitte des Raumes zu postieren. Eine, die ihn erkannte, sah noch zu, wie er mit einer kleinen Schachtel hantierte. Der matte Glanz in seinen Augen wurde plötzlich überstrahlt vom Widerschein des Streichholzes, das er anriss.

71

Der große Vorsitzende

Achim ist einer jenen kleinen Männer, die sich jedes Mal auf die Zehen-spitzen stellen, wenn sie etwas mitzuteilen haben. Etwas, das andere doch bitte schön befolgen sollen. Er ist einer jener Möchtegern-Napoleons, die sich in jeder Situation durchsetzen müssen und die keine Manipulations-möglichkeit auslassen, um dieses Ziel auch zu erreichen. Meine Groß-mutter brachte es einmal auf den Punkt, als ich noch bei ihr auf dem Schoß sitzen konnte, und dass, obwohl sie Achim nicht kannte – denn diese Welt ist voller Achims. Ihr Spruch lautete: „Kleine Männer sind wie kleine Hunde". Ja, wenn ich heute Achim wieder einmal bei seinen von Imponiergehabe und Drohblicken begleiteten Auftritten beobachten kann, weiß ich sofort, was Großmutter gemeint hat.

Mit monatelanger Vorbereitung, die gekennzeichnet war von zahllosen Telefonkontakten und Gesprächen mit Gutgläubigen, hat er in sturer Machiavelli-Manier auf seine Wahl zum Kreisvorsitzenden hingearbeitet. Dabei hat er allen möglichen Leuten alles Mögliche versprechen müssen für den Fall, dass sie ihn wählen. Das Wirken des damaligen Vorstands hat er in allen Punkten scharf kritisiert und dabei kein gutes Haar an ihm gelassen.

Jetzt ist er seit fünf Monaten Kreisvorsitzender. Sein weibliches Pendant lässt er bei jedem seiner Auftritte - bildlich gesprochen - „links liegen" sowie schweigsam und folgsam sein, während er, selbst auf dem Stuhl sitzend, noch auf die Zehenspitzen zu steigen versucht. Was er bei seinen Vorgängern kritisiert hat, macht er selbst jetzt doppelt so falsch. Anstatt Vorstandssitzungen zu moderieren und ergebnisoffen zu gestalten, zieht er seine bereits festgelegten persönlichen Entscheidungen ohne Rücksicht auf Andere durch. Alle merken das und sind erbost, erschüttert und er-schrocken, nur Achim nicht. Noch sieben Monate bis zur nächsten Vor-standswahl, und dem Achim laufen sie schon längst die Bude ein. Seine Zusagen soll er einlösen. Die ihn gewählt haben, fordern ihren Lohn.

Doch Achim steht stets mit leeren Händen und leeren Taschen da. Und auch deshalb springt das kleine Kerlchen immer öfter auf und stellt sich auf die Zehenspitzen – nur um mickrige drei Zentimeter größer zu wirken.

Aber Achim, es ist doch nicht die Körpergröße. Du bist einfach nur ein Kleingeist, der sich in die Chefetage verirrt hat. Nie hast du es gelernt, den Leuten mit Offenheit und ehrlichem Bemühen zu begegnen und sie so hinter dich zu scharen. Stattdessen bringst du sie ständig gegen dich auf. Sag ihnen die Wahrheit, anstatt dich in immer neue Lügen zu verstricken. Diese Lügen erhöhen nur die Frequenz deines Füßewippens, ohne dass du etwas dagegen tun kannst. Sag die Wahrheit, das macht es dir und anderen leichter.

Du hättest im Geometrieunterricht besser aufpassen sollen. Dort haben sie sicherlich auch dir versucht beizubringen, dass die kürzeste Verbindung zwischen zwei Punkten die Gerade ist. Und eben nicht die krumme Tour, Achim.

Mit sich ins Reine kommen

Adam wird aus seinen Tagträumen gerissen. Eine Krankenschwester stößt schwunghaft-burschikos die Tür auf und rauscht in das Zimmer. Im Schlepptau folgt ihr zögerlich ein Mann. Er wird schätzungsweise Mitte fünfzig sein. Seinen Wintermantel trägt er über dem linken Arm und einen kleinen Koffer in der freien Hand.

Auf dieser Station geht es nach Adams Maßstäben komfortabel zu, gemessen auch an den üblichen Verhältnissen in öffentlichen Krankenhäusern der 1960er Jahre. Adam liegt in einem Dreibettzimmer, und nun werden sie erst das zweite Bett belegen. Etwas Abwechslung kann ja nicht schaden, denkt er. In diesen kalten Januartagen ist das Zimmer gut beheizt, sodass er nur im Pyjama auf dem Bett liegen kann, mit zurückgeschlagener Decke. Ohne Scheu musterte er den Neuankömmling, der begonnen hat, seinen Nachtschrank einzuräumen. Ganz gelb ist der, im Gesicht, in den Augen, an den Händen und wahrscheinlich auch am restlichen Körper. Ein breitschultriger, sehniger Kerl, über 1,80m groß, mit dunklem Haar, das er glatt zurückgekämmt hat, mit einer beginnenden Stirnglatze.

Unvermittelt fängt der Neuankömmling an zu sprechen, und Adam hört, trotz der Kürze des Gesprochenen, einen seltsam singenden Tonfall heraus, den er als böhmisch einordnet. „Ich bin Johann", sagt der Neue und schweigt dann. Eine Antwort darauf oder eine Vorstellung seines Zimmerpartners scheint er nicht zu erwarten. Er kramt weiter in seinem Koffer und stopft einen Teil des Inhalts in das Schränkchen. Als Adam seinen Namen nennt, nickt er ihm zu und schweigt weiter.

Adam sieht Johann an und fragt: „Ausländer, was?" Johann zieht missbilligend die Augenbrauen hoch, nickt kurz und schweigt wiederum, während er in diese Nische mit dem Vorhang geht, hinter dem sein

Schrank und der Waschtisch darauf warten, den Rest des Kofferinhalts aufzunehmen.

Johann sieht in den Spiegel und erschrickt innerlich, als er in sein Gesicht blickt. Noch um einiges gelber ist es geworden. Zuerst war es nur das Weiße in den Augen, das sich gelb färbte, dann, am nächsten Morgen, war er vollständig verfärbt. Er entledigt sich nun seiner Straßenkleidung und schlüpft in den melierten Schlafanzug, den Ilse ihm eingepackt hat. Bevor er sich erschöpft auf das Bett legt, sieht er noch einmal aus dem Fenster. Wie ein dickes Leichentuch wirkt dieser viele Schnee da draußen. Ihn fröstelt, als er sich hinlegt und sorgfältig zudeckt. Wieso dieser Adam aufgedeckt da liegen kann, ohne vor Kälte zu bibbern, ist ihm rätselhaft. Nun liegt er da auf dem Krankenhausbett, den Blick nach oben gerichtet, und fürchtet sich vor dem, was auf ihn zukommt. Ungewissheit war für ihn, mehr als ein Vierteljahrhundert lang, seine ständige Begleiterin, und auch jetzt verlässt sie ihn nicht.

Ein Flachmann wäre gut, und auch ein Bier. Der Arzt, der ihm heute die Krankenhauseinweisung ausgestellt hat, hat ihm genau solche Getränke verboten. Die Leber mache das nicht mehr mit, hat er dazu bemerkt. Geraume Zeit liegt Johann so, während seine Gedanken nur darum kreisen, wie er an Alkohol kommt. Adam ist für ihn in diesem Zimmer nun nicht existent. Dann, nach endlosen Schleifen, die Johanns Gedanken in seinem Hirn genommen haben, öffnet sich die Tür. Eine ganze Meute von Weißkitteln strömt ins Zimmer und gruppiert sich um sein Bett. Der Wortführer blickt in eine Akte, begrüßt ihn nickend und sagt dann: „Mit dem Trinken ist nun aber Schluss. Ihre Leber ist bald am Ende. Woll´n mal sehen, was wir für Sie tun können." Aufmunternd blinzelt er Johann zu. Anschließend taste er Johanns Oberbauch ab und verlässt dann das Zimmer. Die Meute folgt ihm, wie einst ein Hofstaat seinem absolutistischen Herrscher durch sein Schloss zu folgen pflegte.

Der Krankenhausalltag hat für Johann nun begonnen, angefüllt mit Blutabnahmen, Leberpunktierungen, Spritzen, Infusionen und sonstigen Quälereien, die dieses Gruselkabinett für ihn bereithält. Dazu kommen nun die Auswirkungen des Entzugs. Zum ersten Mal hat Johann das Gefühl, er werde diesen Ort nicht lebend verlassen. Diesen Gedanken wird er von nun an immer wieder in seinem Hirn durchspielen, doch langsam und zunehmend wird er von einem Hirngespinst, das man leicht vertreiben zu können glaubt, zu einer realistischen Möglichkeit und schließlich zur Gewissheit. Ilse, die jeden Tag während der gesamten zur Verfügung stehenden Besuchszeit an seinem Bett sitzt, wird er davon nichts erzählen. Er hat sie angeschwiegen, solange sie zusammenleben. Sie ist es gewohnt.

Manchmal steht er auf, geht auf den Flur, um dann jedoch schnell wieder in die Horizontale zu kommen – er spürt, wie er schwächer wird. Mit Adam spricht er nur das Nötigste. Zeitung besorgen, Zigaretten für den Balkon mitbringen, sonst nichts. Seine privaten Dinge gehen den nichts an, und wer hat sich schon jemals für seine – Johanns – privaten Dinge interessiert?

Nach zwei Wochen, in denen er unübersehbar rapide verfällt und in denen Ilse ihre zunehmende Besorgnis ihm gegenüber nicht verbergen kann, wird ihm klar, dass er nur noch wenig Zeit hat. Er beginnt, seine Dinge zu regeln. Ilse spürt ebenfalls, dass es dem Ende zugeht, und sie richtet ihre Besuche darauf ein. Nun besucht sie ihn zweimal täglich. Seine Schmerzen werden zunehmend unerträglich, und die Ärzte spritzen ihm etwas, das alles erträglicher macht. Adam ist für ihn nur existent, wenn es um den Einkauf geht.

Johann hat sich in den bisherigen zwei Wochen im Krankenhaus verändert. Äußerlich sowieso – er ist abgemagert und seine ledrige Haut von currygelber Farbe. Aber auch innerlich hat er sich verändert. Er hatte viel Zeit zum Nachdenken. Dass er seinem Hirn dieses Nachdenken überhaupt gestattet hat, anstatt lästige Probleme wie gewohnt zu verdrängen, ist schon etwas Neues für ihn. Wer säuft, betäubt sich, muss nicht mehr an das Schreckliche denken, das ihn so lange quälte. Alkohol ist ein Mittel der Gnade, das alle Schrecken vergessen hilft. Dieses Gnadenmittel verweigern sie ihm nun, seit über zwei Wochen, und er kann sich nicht anders betäuben. Alle lange verdrängten Qualen kehren zurück und martern sein Hirn. Dazu die Entzugserscheinungen, die einfach nicht zurückgehen wollen. Er spürt, dass er seine Seele entlasten muss.

Unvermittelt, ohne Adam lange zu fragen, ob den das überhaupt interessiert und ob der sich das anhören will, fängt Johann irgendwann einfach an zu erzählen. Sein plötzlicher Rededrang fördert all das an die Oberfläche, was so lange Zeit eingesperrt war in irgendwelchen Ecken seines Hirns, in die er bisher niemand blicken ließ. Wo er bis dahin sorgsam darauf geachtet hatte, niemanden damit zu behelligen, verfällt er nun ins Gegenteil. Auch Ilse, mit der er die letzten siebzehn Jahre zusammenlebte, kennt viele dieser Geschichten nicht, weder grob noch im Detail. Johann liegt auf dem Bett, den Blick an die Zimmerdecke auf einen winzigen Punkt gerichtet, den eine Fliege dort hinterlassen haben muss, und redet ununterbrochen.

Adam muss zuhören, erst ungläubig blickend, dann mit geschlossenen Augen, die ganze Zeit stumm, nur ab und zu ein „mhh" einstreuend. Zum ersten Mal hört er von diesem Johann ganze Sätze, oft mit unkorrekter und komischer Satzstellung, und stets mit diesem böhmischen Tonfall.

„Hab bei Schwester gewohnt, in Prag, war ich dreißig Jahre. Deutsche Besetzung, haben mir Arbeit in Deutschland versprochen, Neunzehnneunenddreißig. War zwei Jahre arbeitslos, vorher Schneider, hab ich gelernt. Ich unterschreibe, ich fahre nach Deutschland mit Güterwagen, Hannover. Arbeite in Munitionsfabrik. Nach paar Tagen hab verstanden, bin ich nicht Arbeiter, bin ich Zwangsarbeiter, wie Sklave. Immer harte Arbeit. Wenn Feierabend, bleiben in Lager. Bewacht in Lager. Bisschen Taschengeld, wenig Zigaretten, wenig Bier, deutsche Frauen verboten.

Wenn Ärger in Lager oder Fabrik, Bestrafung. Schlagen uns, gefesselt auf Strafbock, machen Rücken kaputt. Geht ganze Krieg so, bis fünfundvierzig. Dann kommt Engländer, sagen, sind wir frei. Aber sind nix frei. Müssen bleiben in Lager. Zuerst kein Geld, wenig Essen, kein Zigaretten, kein Bier, aber jetzt dürfen kommen deutsche Frauen. Dann raus aus Lager. Hab ich Schwarzmarkt gemacht, kaufen, verkaufen, bescheißen, Schnaps brennen, Fleisch hamstern. Hab gearbeitet Beifahrer für Möbeltransport. Mit Auto, wir haben Kuh auf Wiese totgefahren, schlachten und verkaufen. Beste Stück für mich behalten, halbe Kuharsch mit Bein. So wir konnte leben." Bei diesem letzten Satz huscht ein schelmisches Grinsen über sein Gesicht.

Dann wird er wieder ernst, und es drängt weiter aus ihm heraus: „Will zurück in Heimat, nach Prag, bin Tscheche. Engländer sagen, kannst du nicht zurück, die dich totschlagen, die denken, du bist deutsche Kollaborateur. Muss bleibe hier, kriege Fremdenpass für Staatenlose. Dann lerne ich deutsche Frau, mache Kind, aber sie will nicht heirate, zahle Alimente. Kommt andere deutsche Frau, Ilse, wir heirate. Auf Standesamt, Beamte nimmt Ilse deutsche Pass weg, sie auch staatenlos, wie ich. Neunzehnneunundvierzig kommt Kind, Sohn, auch staatenlos. Junge schon groß, bald sechzehn. Immer hab gearbeit auf Großmarkt, Obst und Gemüse fahren, bis heute. Nie krank, bis heute. Drei Uhr anfange arbeite, Mittag Feierabend, sechs Tage, Sonntag zuhause. Wenn Feierabend, Kneipe. War immer gut. Trinken, würfeln, zuhause schlafen. Zwanzig Jahre Bier, Schnaps. Jetzt vorbei, alles vorbei."

Mit diesem letzten Satz, den er aus sich rauslässt, hat Johann alles gesagt, was er loswerden musste. Ermattet lässt er die Arme sinken. Parallel mit dem Anhören dieser unerwartet ihm aufgedrängten Lebensgeschichte hat Adam versucht, sie zu verarbeiten, sie vor seinem geistigen Auge in Bilder umzusetzen. Er begreift, welchen Sinn dies alles hatte. Er fühlt sich in der Pflicht, Johann Absolution zu erteilen für diese spezielle Art der Beichte, und er tut es in seiner ihm eigenen Art und Weise: „Na, Johann, da hast du ja ein ziemliches Scheißleben gehabt, die letzten fünfundzwanzig Jahre. Und dann hast du noch bei denen bleiben müssen, die dich so geschurigelt haben. Das würde wohl so mancher anfangen zu saufen. Und jetzt darfst du überhaupt nicht mehr trinken."

Johann seufzt, während er den Blick weiterhin auf den Fliegendreck an der Zimmerdecke gerichtet hat. Was er sich von der Seele reden musste, ist er längst losgeworden. Der Redestrom ist wieder verebbt, und weitere Einlassungen wird Adam von ihm nicht zu hören bekommen. All diese quälenden Gedanken, die er so lange Zeit wie mit einer eisernen Klammer in seinem Hirn unter Verschluss hatte halten müssen, hat er rausgelassen. Es war eigentlich ganz einfach, und es war eine Befreiung. Er ist erleichtert. Noch eine Weile kann er dieses Gefühl innerer Zufriedenheit genießen, dann kommen die Schmerzen in seinem Bauch zurück und erinnern ihn daran, dass ihm nicht mehr viel Zeit bleibt.

Als Ilse ihn besuchen kommt, hat er sich gerade übergeben müssen. Fürsorglich säubert sie seine aufgesprungenen Mundwinkel und bringt es fertig, ihm einen Kuss auf die Lippen zu drücken. Sie bleibt bis zu Morgen, der Arzt hat es ausnahmsweise genehmigt. Still sitzt sie an diesem Bett, in dem ihr Johann nun in gnädiger Bewusstlosigkeit dem Tod entgegendämmert.

Mit all den Jahren stiller Geduld und geteilten Leids, bei aller erlittenen Not ist sie stark geworden. Den häufigen Ärger an den Freitagen, an denen sie Johann aus der Kneipe zerren musste, nur um den Rest des Haushaltsgeldes vor dem Versaufen zu retten, hat sie längst verdrängt. Nichts mag sie ihm nachtragen. Zärtlich streichelt sie ihm über die eingefallenen Wangen. Er wird es schon spüren, hofft sie.

Als der Arzt Johanns Tod feststellt, weint sie leise um die Liebe ihres Lebens. Sie weiß, dass sie es dennoch schaffen wird, das Leben ohne ihn zu meistern. Schon all die Jahre hat sie das beweisen müssen.

Wie geht es weiter?

Eigentlich haben wir es doch gewusst – oder zumindest geahnt, dass wir irgendwann in den Mühen der Ebene schlappmachen. Und nun wissen wir nicht, wie weit wir gekommen sind, wo wir derzeit stehen, in welche Richtung wir uns bewegen sollen. Wir wurden allmählich mutlos.

Waren wir früher nicht anders drauf? Brannten einst nicht unsere Herzen? Hatten wir nicht jenen Duft der Freiheit in uns aufgesogen, der uns wach und mutig hatte werden lassen? Wir hatten erkannt, wofür wir uns entscheiden mussten: resignieren oder kämpfen. Wir wussten, dass wir uns über uns selbst Gewissheit zu verschaffen hatten. Wir wussten: Zukunft braucht Herkunft. Wenn du weißt, wo deine Wurzeln stecken, weißt du auch, wo unten und wo oben ist, wohin du den Blick richten musst, willst du den grenzenlosen Himmel sehen und die Freiheit spüren. Freiheit in einer solchen Welt, wo soll sie den sonst zu finden sein außer in der Freiheit, die ein Vogel sich einfach nimmt? Freiheit in den Mühen der Ebene, die sich allmählich als schiefe Ebene abwärts entpuppt? Freiheit im Kapitalismus, sagt Brecht, das sei die Freiheit eines freien Fuchses in einem freien Hühnerstall. Und der Peymann behauptet, Demokratie und Kunst schlössen sich aus. Warum nimmt er dann nicht Reißaus vor dem, was er seine Kunst nennt? Ist er ein gnadenloser Opportunist? Lassen wir ihn doch links – oder besser rechts – liegen. Auch Alphatiere kommen mal in Bedrängnis.

Wären wir nicht besser wach, unduldsam und unnachgiebig gewesen? Ja, dann hätte alles ganz anders sein können. All diese Lügengebäude, die sie vor uns auftürmen, all diese Mogelpackungen, die sie uns ohne nennenswerten Widerstand unterjubeln, hätten wir aus innerer Überzeugung niederreißen und zurückweisen können. Aber wir haben uns still verhalten, haben gar nichts dazu gesagt, und wir haben es dann auch noch mit Datum und Unterschrift bestätigt.

Ist nur der Peymann ein gnadenloser Opportunist, einer jener bedauerlichen Einzelfälle, die von Zeit zu Zeit immer wieder zu ertragen sind? Oder haben wir uns alle zu kleinen Peymanns entwickelt, in diesen Mühen der Ebene? Mal ein Verzicht hier, mal ein Schweigen dort, wo das Vertreten unserer Ansprüche und lautes Aufschreien notwendig gewesen wären? Haben wir uns selbst verraten, oder haben wir einfach die Degeneration in uns nicht wahrhaben wollen? Längst haben wir es verinnerlicht: Das mantraartige Anfragen der Verzichtregeln sei dein kleines Einmaleins, wurde uns wie tröpfelndes Gift mit dem Konsumieren jeder Annehmlichkeit eingeflößt.

Korrumpiert anstatt befreit, so stehen wir in dieser Wüste, auf dieser allmählich abwärts führenden schiefen Ebene, und wissen nicht weiter. Was also sollen wir tun? Einfach stehen bleiben, weiter abwärts trotten oder aber den Mut fassen, jenen riesigen Berg angehäufter Probleme endlich zu erklimmen, hinter dem die wahre Freiheit geduldig auf uns wartet?

Onkel Willy

Er hätte sich als Double von Louis de Funes verdingen können – die Ähnlichkeit war frappierend. Grimassen schneiden sah ich ihn allerdings nie. Willy Distel oder Onkel Willy, wie ich ihn als Kind genannt hatte, war gar kein richtiger Onkel. Meine Mutter war nach ihrer Flucht aus Danzig 1945 bei seiner Familie untergekommen. Der alte Distel hatte eine Schuhmacherei gehabt und einen weißrussischen Gesellen, der öfters Brennspiritus gesoffen haben soll. Meine Großmutter, die später, nach einem längeren Aufenthalt in Elmshorn, ebenfalls bei den Distels aufgenommen worden war, hieß Willy abschätzig „Schusterbengel". Er mochte sie ebenfalls nicht und machte sich über ihre Danziger Kochkünste lustig. Vor allem, wenn es dreimal wöchentlich Fisch und zweimal Kartoffeln mit Tunke gab.

Onkel Willy war das, was man ein versoffenes Genie nannte. Er war mein Patenonkel, der am Taufbecken so geschwankt haben soll, dass meine Mutter tatsächlich ein Unglück befürchtete, das dann gottlob ausblieb. In seiner verwahrlosten Bude stand ein schwarz lackiertes Klavier, auf dem sich Staub, Bohnensuppe, Kornflaschen, Zigarettenreste und Undefinierbares solange sammelten, bis sich meine Mutter im jährlichen Abstand erbarmte und bei ihm ausmistete. Der stets auffällig saubere Deckel des Klaviers zeugte davon, dass Onkel Willy regelmäßig spielte. An der Fensterwand daneben zeugte eine vergilbte Urkunde davon, dass er 1947 Norddeutscher Schachmeister geworden war.

Ja, Schach war sein Leben. In seiner Stammkneipe saß er fast jeden Abend mit Herausforderern am Schachbrett. Es waren meist Leute, die nach Geld und Bildung rochen und sich oftmals hochnäsig gegenüber den anderen Kneipenbesuchern gaben. Sie saßen dann dem unappetitlich riechenden, schmuddeligen Onkel Willy gegenüber und waren gierig darauf, von ihm virtuoses und erfolgreiches Schachspiel demonstriert zu bekommen. Man schlug ihn äußerst selten. Seine Erfolge konnte ich den

Reaktionen der Gegner und Kibitze entnehmen – ich selbst verstehe nichts von Schach. Nach Mitternacht machte er sich gewöhnlich auf den Heimweg, den er mit Gassigehen für Hasso, seinem flockigen Mischlingsrüden, verband. Lebenslust und Doppelkorn ließen ihn dann abwechselnd solange seine zwei Lieblingslieder absingen, bis er mit Hasso ins Bett sinken konnte.

Onkel Willy nahm mich ernst, seit ich denken konnte. Er lebte mir vor, keine Behauptung einfach hinzunehmen, sondern stets zu hinterfragen und bei dem Verdacht, verscheißert zu werden, nachzuhaken und nicht locker zu lassen. Jede Tagesschaumeldung war so in Gefahr, von Onkel Willy kritisiert zu werden, wenn er in seiner Stammkneipe vor dem Fernseher saß. Größere und kleinere Ereignisse waren Anlass für seine klaren Analysen, aus denen ich mir in einem Lebensalter ein Weltbild schuf, in dem eigentlich noch das Interesse für politische Fragen fehlen sollte. Er erzählte mir davon, wie er sich als Simulant – er hatte sich herzkrank gegeben – vor dem Krieg gedrückt hatte. Seine Berichte über den Terror dieser Zeit, über nächtliche Verhaftungen von Freunden und über seine Erlebnisse als Prokurist beim Bunkerbau am Westwall brachten mich dazu, mich mit Geschichte zu beschäftigen und mit ihrer Interpretation auseinanderzusetzen. Ich muss damals so um die elf Jahre alt gewesen sein. Er war keiner, der mir spannende Geschichten auftischte, sondern er forderte mich in seiner eigenen Art stets auf, Stellung zu beziehen. So oft es ging, suchte ich das Gespräch mit ihm, obwohl er mich auch mit Taschengeld versorgte.

Auch als wir nach meiner Bundeswehrzeit eine Wohnung in einem anderen, entfernteren Stadtteil bezogen hatten, zog es mich weiterhin in Onkel Willys Stammkneipe, um mit ihm die Welt mit all ihren Unzulänglichkeiten zu betrachten. Die Intervalle wurden allerdings länger, weil ich mein Leben neu sortierte und anderen Verpflichtungen nachkommen musste. Den „Onkel" hatte ich irgendwann weggelassen, was von ihm unkommentiert akzeptiert worden war.

Wie ich von einem Bekannten erfuhr, den ich im Sommer 1975 zufällig traf, war Willy ungefähr zwei Monate zuvor verstorben. Man hatte sich gefragt, warum ausgerechnet ich nicht zur Beerdigung erschienen war. Weil ich nichts von seinem Tod erfahren hatte, fehlte mir die Möglichkeit, der Außenwelt meine Dankbarkeit gegenüber Willy zu demonstrieren. Damals hielt ich dies für so wichtig, dass mich Schuldgefühle plagten.

Erst später machte ich mir klar, dass mein Fehlen wohl in seinem Sinne war; und vielleicht hätte er sich sprichwörtlich „im Grab umgedreht", wäre ich erschienen.

Denn er selbst hatte Beerdigungen gehasst.

Anleitung zum Bau einer menschlichen Zeitbombe

Irgendwann suchst du vielleicht eine Möglichkeit, wie Du ungestraft deine dunklen Seiten verbergen und dennoch ausleben kannst. Mein Rat dazu: Erschaffe dir eine Kreatur, die willfährig deinen speziellen Interessen zum Durchbruch verhilft. Mit ihrer Hilfe kannst du dann alle Boshaftigkeit dieser Welt begehen, ohne dass dies auf dich zurückfallen wird.

Sei nicht so naiv und glaube, Typen wie das Fantasiegeschöpf Doktor Frankenstein mitsamt seinem Monster würden auch heute noch nur das Beste wollen. Dies mag in Romanen aus dem neunzehntem Jahrhundert so gewesen sein, als Schreiberlinge noch ihren Idealen nachhingen, aber es passt längst nicht mehr in unsere Zeit. Schließlich muss jeder sehen, wo er bleibt. Niemand nimmt es dir heute übel, wenn Du die Ellenbogen benutzt, um deinem Egoismus zu frönen. Selbstredend ist es auch in der heutigen Zeit geschickter, den Einsatz solcher rigoros für die eigenen Ziele eingesetzten Körperteile zu tarnen. Wer sich harmlos und arglos gibt, hat die schließlich besseren Chancen, sich durchzusetzen, ohne dass jemand mit dem Finger auf ihn zeigt. Schaffe dir also ein Instrument, mit dem du gefahrlos alle Ungeheuerlichkeiten begehen kannst, ohne sich jemals dafür verantworten zu müssen. Ein Schlüssel dafür ist die folgende Anleitung zum Bau einer menschlichen Zeitbombe.

Besorge dir irgendeinen jungen Menschen, am besten gleich nach seiner Geburt, und richte es so ein, dass er niemals die Erfahrung persönlicher Zuwendung machen kann. Verweigere ihm alles an guter menschlicher Erfahrung, was seinen Charakter – nach den herrschenden Normen – positiv formen könnte. Halte ihn in stetiger Unsicherheit über seine Zukunft. Schüre Angst in ihm, die ihn nie wieder loslässt, die er als seine ständige Begleitung erlebt, nachdem sie ihn einmal gepackt hat. Verhindere in ihm den Aufbau eines gesunden Selbstvertrauens und unterbinde seine Fähigkeit, soziale Kontakte herzustellen und zu pflegen. Dressiere ihm Verhaltensregeln an, die er fortan streng zu beachten hat, stets in der Furcht, etwas falsch zu machen und so deinen Unwillen zu erregen. Wenn ihm auch seine allmählich entwickelnde Unterwürfigkeit in Phasen aufwallender Wut einen vorwurfsvollen Blick gestattet, den er in deine Richtung abzusetzen vermag, wird der sich doch niemals gegen dich wenden, seinem Herrn und Meister, sondern stets gegen jene Sündenböcke, die du ihm präsentierst. Und das ist gut, es wird sich irgendwann für dich auszahlen. Bildung im emanzipatorischen Sinn darf er niemals erfahren. Eine Dressur, die das Erreichen deiner Ziele befördert, das Beherrschen der Grundrechenarten und das Bilden einfacher Sätze genügen völlig für deine Zwecke. Schließlich soll die Kreatur einfach in deinem Sinne funktionieren, anstatt durch unnötige intellektuelle Leistungen zu beeindrucken.

Irgendwann wird dein Geschöpf bereit sein zur Tat; irgendwann erfüllt sich sein Schicksal. Wie durch einen Tunnel, ohne für ihn erkennbare Ausweichmöglichkeit, hast Du es auf diese eine Tat zugetrieben. Es hat sein Schicksal und seine Rolle innerlich längst akzeptiert. Vielleicht kommt ihm zwischenzeitlich kurz der Gedanke an das Unheil, das es anrichten wird. Aber es wird dennoch nicht ernsthaft schwanken. Letztlich wird es das ausführen, wozu es abgerichtet wurde. Gegen aufkommende Gewissensbisse hat es dank deiner Abrichtung, die du nach außen gern als Erziehungsarbeit darstellen darfst, wirkungsvolle Verdrängungsmechanismen entwickeln können.

Wenn du diese Anleitung konsequent befolgt hast, steht dir eine wirkungsvolle menschliche Waffe zur Verfügung. Du hast dir einen Stellvertreter geschaffen. Deinen eigenen Hass auf Menschen hast du nicht offenbaren zu müssen, und dennoch kannst du ihn nun ausleben. Auch wenn du der eigentliche Täter bist, der die ungeheuerlichen Taten zu verantworten hat, die später von deiner Kreatur begangen werden – die Welt wird es entweder nicht erfahren oder es nicht wissen wollen. Es ist schließlich in unserer Welt alltäglich geworden, so zu handeln. Halte also ohne falsche Skrupel deine menschliche Zeitbombe in deinem persönlichen Arsenal für jenen Augenblick bereit, für den du sie gezüchtet hast. Deine und ihre Zeit wird kommen – todsicher.

Vielleicht hast Du das alles aber auch nicht gewollt und kommst nur durch eigene Ignoranz, Arroganz oder andere Ausformungen menschlicher Dummheit dazu, ein solches Monster in die Welt zu setzen. Auch dann stehst du nicht allein, Millionen von Zeitgenossen geht es ebenso. Mach dir keine allzu großen Gedanken über die Folgen deiner eigenen Rolle in diesem Spiel. Du wirst gebraucht mit deiner Einstellung, deiner Haltung und deinem Willen, ein großes Räderwerk am Laufen zu halten. Mache es wie unzählige andere Zeitgenossen und sorge dafür, dass der Mensch des Menschen Wolf bleibt.

Also erschaffe sie und halte sie bereit für den möglichen Einsatz, deine menschliche Zeitbombe. Man kann ja nie wissen, wann sie gezündet werden muss.

Wenn die wüssten …

„Ich glaube, die ahnen inzwischen, dass es uns gibt. Aber sie wissen nicht, wer wir wirklich sind", sagte Angela Merkel.

„Jetzt sind wir doch unter uns. Da musst du nicht schon wieder das große Wort führen. Das kannst du machen, wenn du unter deiner Scheinidentität auftrittst. Dann wird so etwas von dir erwartet, sonst nicht. Jedenfalls nicht hier, in diesem vertrauten Kreis." Entspannt lehnte sich Sigmar Gabriel zurück, nachdem er diese Botschaft betont ruhig in Richtung Merkel abgesetzt hatte.

Beschwörend blickte Alice Schwarzer auf Frauke Ludowig, als erhoffe sie sich von der Unterstützung. Ohne den Blick von ihr zu wenden, sagte sie in Richtung der anderen Anwesenden: „Wir sollten uns hier nicht an die Wäsche gehen. Stattdessen sollten wir eine gemeinsame Strategie finden, mit der wir unsere Tarnungen aufrecht erhalten können. Wir haben alle etwas gemeinsam: Die eine Hälfte der Menschen liebt und verehrt uns, die andere Hälfte wünscht uns zum Teufel. Und das trifft wohl auf alle von uns zu, vielleicht bis auf eine Ausnahme. Nicht wahr, Sigmar?"

Der so direkt Angesprochene räusperte sich zunächst verlegen, während er vergeblich versuchte, die verräterische Röte auf seinem Gesicht zu unterdrücken. „Das…das…das war früher aber mal ganz anders. Ich war mal der erklärte Liebling aller Mütter und Schwiegermütter", stammelte er.

Nun meinte Joachim Gauck, sich einschalten und seinen Senf dazugeben zu müssen. Wie stets um einen staatstragenden Ton bemüht, der allerdings wie so oft in eine Parodie abglitt, weil er schon wieder aus jener Mischung aus peinlicher Überheblichkeit, Selbstgerechtigkeit und erschreckender Unwissenheit bestand, wie sie für Gauck typisch war. Es war jener Ton, der seinen Gegnern stets das Gefühl vermittelte, gerade unter den Auswirkungen verdorbener Lebensmittel zu leiden. „Da gibt es eben immer noch Unverbesserliche, die einfach nicht begreifen wollen, dass wir in der besten aller Gesellschaften leben. Die machen doch alles mies, was wir in den letzten zwanzig Jahren überall im Lande erreicht haben. Und sie zeigen obendrein mit dem Finger auf jene, die unsere wunderschöne Freiheit doch erst ermöglicht haben. Die suchen ständig Schuldige, und unser Sigmar ist nur ein Opfer dieser Ignoranten." Nach einer Kunstpause fuhr er fort: „Das sind doch wirklich nur Wenige, die unsere Tarnung durchschauen. Die sollten wir einfach ignorieren und so weitermachen wie bisher."

Günther Jauch atmete schwer durch und schaute Hilfe suchend an die Decke, bevor er zu einem Resümee kam: „Na schön. Es nützt doch aber nichts, wenn wir uns hier untereinander in die Wolle kriegen. Bei einigen hier scheinen die Nerven ja wirklich blank zu liegen." Dann fuhr er in seinem oberlehrerhaften Ton fort: „Vielleicht ahnen sie etwas, aber sie wissen gar nichts. Die werden niemals erfahren, wer wir wirklich sind. Jedenfalls solange nicht, wie wir konsequent so weitermachen wie bisher. Die paar Leute, die etwas ahnen, können wir doch weiterhin als Spinner abtun. Noch zehn, vielleicht noch zwanzig Jahre, und wir haben das Land da, wo wir es hinhaben wollen. Dann werden sie uns alles glauben, auch den größten Schwachsinn, den wir ihnen weismachen. Die Unausweichlichkeiten der Klimakatastrophe und des Hungers ebenso wie die Unabwendbarkeit von Massenarbeitslosigkeit und die Notwendigkeit einer ausländerfeindlichen Haltung. All das wird ihnen dann plausibel sein. Allmählich wird alles für sie alternativlos. Vergleichbare Entwicklungen laufen derzeit in allen wichtigen Ländern ab, genauso wie hier in Deutschland. Weltweit!"

Sein Blick richtete sich nun auf jeden Einzelnen von ihnen und bekam einen seltsamen Glanz, als er fortfuhr: „Dann ist endlich die Zeit gekommen, die Sternenflotte anzufordern. Es dauert dann noch drei kurze Jahre, bis sie hier eintrifft und die Invasion beginnt. Dann werden wir die Erde übernehmen. Völlig widerstandslos wird sie uns in den Schoß fallen.

Die Erdlinge sind dann nur noch eine Herde willenloser, idiotischer Ur-einwohner, die wir schnell beiseite räumen können."

Mit einer herrischen Bewegung seines rechten Zeigefingers kam er zum Schluss: „Und solange werdet ihr euch hier noch gedulden können, ohne euch gegenseitig an die Wäsche zu gehen. Ich persönlich jedenfalls habe überhaupt kein Problem damit, dass ein paar Leute an Aliens glauben und dies auch weitererzählen – jedenfalls solange, wie sie sich nicht sicher sein können, dass es uns gibt. Also haltet endlich das Maul und macht euren Job!"

Der gestiefelte Köter

Wer kennt nicht das Märchen vom gestiefelten Kater. Es wird nun endlich Zeit, mit einem Irrtum aufzuräumen, der sich früh eingeschlichen und über lange Zeit erhalten hat.

Unser Müllersohn aus dem Märchen erbte nämlich nicht, wie erzählt, einen Kater, sondern vielmehr einen Köter – und als er das wundersame Tier erstmals sah, war es bereits gestiefelt. Als er nach Antritt der Erbschaft diesem besonderen Tier nun erstmals gegenübersaß und es nach dem Grund für die bei Haustieren doch ungewöhnliche Fußbekleidung fragte, erhielt er eine unerwartete Antwort. Der Köter erklärte ihm nämlich entrüstet, dass ihm doch wohl nicht zuzumuten sei, ungeschützt in den Exkrementen seiner Artgenossen zu waten, die ja jederzeit und überall in großen Haufen ihre Scheiße hinterlegten und kaum noch Ausweichmöglichkeiten ließen. Wenn er nun schon bei jeder kleinsten Fortbewegung – und Laufen sei nun mal einem Köter gemäß – Gefahr liefe, sich zu beschmutzen, sei es doch nur recht und billig, sich davor zu schützen. In langen, zähen Verhandlungen habe er seinerzeit dem alten Müller, dem nicht von ungefähr der Ruf krankhaften Geizes vorauseilte, die Beschaffung seiner nützlichen Schutzbekleidung abgerungen. Er habe dem alten Müller schon klar machen müssen, dass es zu beiderseitigem Vorteil sei, wenn es einen Köter bei der Mühle gäbe, der sich nicht stets nur mit sich selbst beschäftigen müsse, indem er sich unablässig von Hundekot reinige, sondern der tagsüber ordentlich seiner Hundetätigkeit nachginge und nach getanem Tagwerk die Stiefel einfach ausziehen könne, um sie vom Knecht säubern zu lassen. Er, der Köter, könne jedenfalls nur eines: entweder sich mit sich selbst zu beschäftigen oder aber unliebsames Gesindel von der Mühle fernzuhalten. Es habe dem Müller schließlich eingeleuchtet, dass gewisse Schutzvorkehrungen im Sinne der Arbeitssicherheit und auch eine bestimmte Arbeitsteilung für den Mühlenbetrieb durchaus von Vorteil sein könne.

Der Müllersohn begriff bald, was ihm der Köter zu erklären sich bemüht hatte. Fortan wunderte er sich weder über dessen seltsame Bekleidung noch über die Tatsache, dass das Tier nicht nur sprechen, sondern auch recht intelligent klingende Äußerungen von sich geben konnte. Insgeheim beschloss er daher, dem Köter die Stiefel nicht nur zu belassen, sondern ihm sogar neue anfertigen zu lassen; denn Scheiße ist nicht die beste Lederpflege, und der mit dem Stiefelsäubern befasste Knecht hatte zwar genügend Fachwissen über Mist, aber kaum über die Beseitigung der davon entstehenden Schäden. Die Überlegungen des Müllersohnes waren indes nicht gänzlich uneigennützig. Er hoffte, durch den gewieften Köter doch noch die materiellen Vorteile erlangen zu können, die seinen Brüdern durch ihr jeweiliges Erbteil schon zuteilgeworden waren. Und wie wir ja alle seit unserer Kindheit wissen, gelang ihm sein Vorhaben.

Nachdem der Müllersohn nun seinen Köter wie geplant neu ausgestattet hatte, nahm die Geschichte, wie im Märchen beschrieben und wie uns allen vielfach vorgelesen, ihren Lauf. Ach ja, dass später stets von einem gestiefelten „Kater" die Rede war, hängt einfach damit zusammen, dass die Märchensammler und Verfasser des Buches sich die Geschichte von einem Burschen aus dem Hannöverschen hatten berichten lassen und sie danach aufgeschrieben hatten. Der Erzähler hatte sich zwar bemüht, die Eigenheiten seiner Mundart zu unterdrücken, indem er beispielsweise das Wort „Köter" hochdeutsch aussprach. Die Märchensammler, an das "klaöre Aö" der Hannoveraner schon längst gewöhnt, hatten stattdessen aber „Kater" verstanden.

Kleine Ursache, große Wirkung. Ein Großteil unserer Märchenbücher wird nun wohl umgeschrieben werden müssen.

Schwarze Serie

Ich schaue in seine zwingenden Augen und habe plötzlich das Gefühl, sehr tief zu fallen, so als sei ich über die Kante eines frisch geschaufelten Grabes getreten. Sein düsterer, bedrohlicher und zugleich bedrückender Blick, der aus den schwarz geränderten Augenhöhlen dringt, ist wie die passende Überschrift zu seiner gesamten Erscheinung. Es bedarf gar nicht jener modischen schwarzen Kleidung, die junge Leute derzeit bevorzugen – in der hellgrauen Hose und dem rot-grün gestreiften Sweatshirt, das sich über seine auffallend breiten Schultern spannt, gleicht er einem Totengräber beim Wochenendausflug. Ja, er wirkt wie ein Bestatter, der seine tabubeladene, aber unverzichtbare und gesellschaftlich nützliche Arbeit für ein paar Stunden einfach nur vergessen will.

Üblicherweise blicken sie in anders zum Richtertisch hinüber. In ihren Gesichtern mischt sich häufig Angst vor der sie erwartenden Sanktion mit jugendlichem Trotz und gespielter Überheblichkeit. Manchmal signalisieren sie auch mit ihrem Mienenspiel, dass sie ihr eigenes Fehlverhalten eingesehen und begonnen haben, diese Einsicht für sich gewinnbringend zu nutzen. Doch nie habe ich einen jungen Angeklagten in dieser Situation erlebt, der in solch selbstsicherer und zwingender Art den Richter ansieht, als wolle er ihm das Urteil diktieren. Niemals zuvor habe ich bei diesem Richter wahrgenommen, dass er von der Persönlichkeit eines jugendlichen Straftäters in solcher Weise beeindruckt und in seiner Souveränität beschränkt wurde – wenn überhaupt, dann war es umgekehrt. Und nun behandelt dieser Richter den Fall von Unterschlagung, als sei es eine für ihn peinliche Angelegenheit.

Rein zufällig sitze ich in dieser Verhandlung, musste kurzfristig einspringen. Zeit zur Vorbereitung hatte ich nicht, also lese ich den Bericht, den mein Kollege nach dem Gespräch mit dem Angeklagten vor rund einer Woche gefertigt hat, fast wörtlich vom Blatt ab. Während ich seinen

Lebenslauf vortrage, lasten seine Augen auf mir. Nur äußerlich ruhig schildere ich seine persönliche und familiäre Situation.

Er lebt inzwischen allein in einer kleinen Wohnung, regelmäßig kümmert sich ein Sozialarbeiter um ihn. Sein Vater starb durch einen Arbeitsunfall, da war er knapp vier Jahre alt. Seine Mutter heiratete bald darauf erneut. Sein Stiefvater erlag einem Krebsleiden, als er gerade in die Schule gekommen war. Der dritte Ehemann der Mutter überlebte sie bald um ein Jahr und verstarb, als der Junge in die Lehre kam. Die Mutter war an Alzheimer zugrunde gegangen, nachdem sie zuvor zwei Jahre lang in einem Pflegeheim untergebracht war. Seit seinem dreizehnten Lebensjahr lebte der Junge mit seinem ein Jahr älteren Bruder in einer Pflegefamilie. Vor einem Jahr war der Bruder in einem Badesee ertrunken. Die Pflegeeltern hatten daraufhin die Pflegschaft aufgegeben.

Irgendwann sind die abgelesenen Worte tief genug in meinen Verstand eingesickert. Unsere Blicke kreuzen sich, und ich beginne zu verstehen. Entsetzen packt mich. Ich sitze in dieser Verhandlung, weil mein Kollege, der mit dem Jungen gesprochen hat, es nicht mehr kann. „Plötzlich und unerwartet", wie man so sagt, erlag er vor drei Tagen einem Herzinfarkt.

Dämliche Fragen eines unemanzipierten Mannes

Was ist das für eine Emanzipation
Die einer Elite nützt
Aber für die Benachteiligten
Ein leeres Versprechen bleibt
Selbst wenn sie Frauen sind?

Privilegierte Frauen behaupten sich
Mit allen ihnen verfügbaren Mitteln
Gegen unterprivilegierte Männer
Ist das etwa ein Indiz
Von Emanzipation?

Die Welt wird allmählich weiblicher
Behaupten sie gebetsmühlenartig
Wären da den Frauen nachgesagte Eigenschaften
Schon hinreichende
Oder nur notwendige Bedingung?

Womöglich wäre die Erkenntnis hilfreich
Dass es männliche
Und weibliche Arschlöcher gibt
Dass auch hier die
Gauss´sche Normalverteilung greift?

Und wenn sie greift
Sollte dann nicht Erziehung
Das gesellschaftliche Ziel haben
Für beide Geschlechter eine
Möglichst breite Glocke abzubilden?

Wer die Chancen nutzt
Die das System ihm/ihr bietet
Um sein/ihr Schäfchen ins Trockene zu bringen
Auf Konten in der Schweiz
Sollte der/die von Emanzipation faseln?

Die Welt ist voll von
Weiblichen und männlichen Opportunisten
Pseudoemanzipatorische Argumente
Vor sich hertragend
Frechheit siegt, oder?

Frauenforschung liegt im Trend
Männerforschung gab´s eh zu viel
Ist Solidarität teilbar
Zwischen den Geschlechtern
Ist das die neue Apartheid?

Vielleicht kämen wir durch Frauenforschung
Wäre sie ergebnisoffen zu betreiben
Zu der einfachen Erkenntnis
Dass 50 % der Frauen bessere Männer
Und 50 % der Männer bessere Frauen sind?

Wem nützen fünfzig Prozent
Frauen in DAX-Vorständen
In deren Konzernen Beschäftigte
Unterdrückt und ausgebeutet werden
Auch wenn sie – zur Hälfte oder mehr – Frauen sind?

Was soll dabei herauskommen
Außer Machtmissbrauch unter
Umgekehrtem Vorzeichen
Und einer Stabilisierung
Herabwürdigender Herrschaftsverhältnisse?

High-heel-bewaffnete
Frauen mit forschem, klapperndem Schritt
Ist das unsere Zukunft
Künftige Führerinnen
Im hallenden Gleichschritt?

Ist es nicht eine Pervertierung
Des Begriffs Emanzipation
War die denn jemals möglich
Auf Kosten anderer Menschen
Durch deren Herabwürdigung?

Wo liegt eigentlich der Unterschied
Zwischen männlicher und weiblicher
Struktureller Gewalt
Ist Konjunktur und Korrelation von Pseudoemanzipation
Und Mobbing wirklich zufällig?

Der Achtundsechziger Bewegung
Wurde die Spitze gebrochen
Weil ihre bessere Hälfte
Sich abspalten wollte
Wem nützte das?

Wo ist Solidarität im Kampf
Zwischen den Geschlechtern
Kann sich kapitalistische Logik
In eine neue Ära retten
Kommt der Femo-Kapitalismus?

Wenn nichts mehr geht
In diesem Kapitalismus
Geht immer noch Faschismus
Da müssen immer Schuldige her
Früher Fremde, heute Männer?

Wer eigene Interessen nicht erkennt
Und sie hochnäsig missachtet
Mag sich emanzipiert wähnen
Herrschende wissen das zu schätzen
Denn wem sollte das nützen – außer ihnen?

Scherbengericht

Adam kennt jenen Begriff nicht, den seinerzeit Kritiker dieses Baustils aus der Kaiserzeit prägten. Aber er spürt die Wirkung des Gebäudes, das er soeben betritt – genau jene Wirkung, die diese Kritiker zu beschreiben beabsichtigten. Totschlagarchitektur haben sie das damals genannt. Dieser Bau erzeugt, in Vorbereitung auf das Kommende, jene Angst, die notwendigerweise in Beklagten erzeugt werden muss, um sie auf der Anklagebank wie arme, reumütige Sünder aussehen zu lassen. Wer eingeschüchtert ist, ergibt sich eher in sein Schicksal. Und das erleichtert jenen die Arbeit, die ihm im Namen des Volkes ein Schuldeingeständnis abringen wollen. Eine derartige Architektur hat die gleiche Funktion wie jene Kanonen, mit deren Kugeln in früheren Jahrhunderten die Belagerungen von Festungen eröffnet wurden. Es soll sturmreif geschossen werden, in beiden Fällen. Jeder Treffer beeindruckt und bringt das Selbstbewusstsein ins Wanken, beschädigt die Moral.

Draußen, über dem Eingangsportal mit dem monströsen Balkon, thront Justitia mit verbundenen Augen. In einer der Schalen ihrer Waage hat sich eine vorlaute Krähe eingerichtet – schon länger, wie es scheint, denn der Schalenrand ist mit gräulich-weißer Vogelscheiße bekleckert. Adams beklommener Blick irrt über die Ornamente und Putten in der großen Treppenhalle und er begibt sich schweren Schrittes in die erste Etage. Dann spürt er seine heißen Wangen, als er die vierstellige Nummer jenes Raumes entdeckt, in dem über sein künftiges Leben verhandelt werden soll. Die ungeputzten braunen Schuhe seines Rechtsanwalts, der schon beim ersten Gespräch so aussah und auch so roch, als sei er gerade von einer nächtlichen Pokerrunde gekommen, fesseln seinen Blick. Die Telefonnummer des Anwalts hatte er von einem Landsmann. „Der Rumann ist schon in Ordnung, der hängt sich richtig rein", hatte der zu ihm gesagt. Mag ja sein, denkt Adam, aber nach seinen Vorstellungen gehören Vertrauenswürdigkeit und ein gepflegtes Äußeres zusammen, und er fragt sich, ob die anderen im Gerichtssaal den überhaupt für voll nehmen.

Rumann hat sich gerade ein scharf riechendes Pfefferminzbonbon in den von Bartfusseln umsäumten Mund geschoben. Nun begrüßt er Adam mit übertrieben festem Händedruck und zwinkert ihm zu. „Na, dann woll´n wir mal sehen, ob wir der deutschen Justiz nicht doch ans Bein pinkeln können", sagt er nuschelnd und wendet sich zur Tür des Gerichtssaals. Soeben kam aus dem Lautsprecher die Ansage: „In der Strafsache Manski: Beteiligte bitte eintreten!"

Adams Gesicht ist rot angelaufen, und er spürt es. Er tritt ein, sieht den Gerichtsschreiber fragend an und nennt ihm seinen Namen. Der weist mit der Hand auf die Anklagebank, als habe er es mit einem Straßenköter zu tun. Rumann nimmt direkt neben ihm Platz, und Adam ist zunächst erleichtert. Doch dann sieht er diese Frau eintreten. Da ist er wieder, ihr versteinerter Blick, den er schon damals nicht ertragen konnte. Der scheint auf irgendeinen imaginären Punkt im Raum gerichtet zu sein, aber Adam ist für sie einfach nicht existent. Und dennoch hat sie damals über ihn sprechen können, einfach so über seinen Kopf hinweg, als sei er Abfall, den es zu entsorgen gilt.

„Ich eröffne die Hauptverhandlung in der Strafsache gegen Adam Manski", sagt ein grauhaariger Mann mit strengem Mittelscheitel, auf dessen Stirn sich eine steile vertikale Falte zwischen den Augenbrauen bildet, als er den Blick auf Adam richtet. „Das sind Sie?" Adam nickt, während seine Knöchel weiß hervortreten. Die Hände krallt er in seine Hose, und dennoch kann er damit das beginnende Zittern nicht unterdrücken. Der Richter stellt noch die Anwesenheit der Zeugen fest, belehrt sie über ihre Wahrheitspflicht und schickt sie dann nach draußen. Diese Frau bedenkt er dabei mit einem letzten Blick, den sie lächelnd erwidert. Adam fragt sich, ob sein Urteil nicht schon längst gefällt wurde. Der Richter stellt Adams Personalien fest und blickt anschließend auffordernd zu dem Tisch, der Adams Platz genau gegenüberliegt. Eine junge Staatsanwältin – bleich, blond und bunt bemalt, teure und modische Kleidung lugt unter dem Talar hervor – verliest in schnippischem Ton die Anklageschrift. Bei jedem vorgelesenen Tatvorwurf hebt sie die linke Augenbraue und blickt Adam mit offensichtlicher Missbilligung an. Trotz aller Verunsicherung ärgert ihn diese übertriebene Theatralik. Sie leiert noch einige Paragrafen herunter, die ihm inzwischen geläufig sind, weil ihm Rumann erklärt hat, dass sich dahinter die Straftatvorwürfe Beleidigung, Nötigung und Bedrohung verbergen. Mit offensichtlich gespielter Entrüstung setzt sie sich dann, wobei sie sorgfältig ihre Kleidung ordnet.

Schmierentheater, denkt Adam. Er fragt sich, wie das alles so weit hat kommen können. Wieso er hier auf der Sünderbank sitzt und nicht diese Frau, die doch ihn betrügt? Wie hat sie es nur schaffen können, ihn, das Opfer, als Übeltäter hinzustellen?

*

Das Ding fällt ihm sofort auf, als er den Raum betritt. So etwas hängen sich Leute in ihr Badezimmer? Die hier, die Nutzer dieser Luxusnasszelle, scheinen wohl so etwas zu brauchen. Die Regeln des *Goldenen Schnitts* sind beachtet worden, die Nähte gleichmäßig, sauber und mit Patina überzogen, die transparenten, farbigen Scherben und Steine sorgfältig aufeinander abgestimmt – es ist zweifellos ein schönes und teures Stück Kunsthandwerk, das den Gesichtern der sich darin Betrachtenden schmeicheln soll. Der Rahmen wird von mehreren hinter seinen Wölbungen angebrachten Leuchten in ein warmes, milchiges Licht getaucht.

Fast alles stimmt an diesem Tiffanyspiegel, bis auf zwei Dinge, die einem flüchtigeren Beobachter vielleicht entgehen würden: Erstens wirkt er in der Nachbarschaft der Kloschüssel, neben der in peinlichem Kontrast eine arg strapazierte Klobürste steht, ziemlich deplatziert. Und zweitens ist eine der opalfarbenen Scherben angeschlagen.

Was schert ihn das? Er hat hier zu arbeiten, und zwar zügig. Die Summe für das Ausbessern der zwölf Fliesen mit den alten Bohrlöchern ist lächerlich gering. Normalerweise erledigt er so etwas nach Stundenaufwand, aber hier haben sie auf einem Festpreis bestanden. Wenn er mehr als zwei Stunden dafür benötigt, bleibt ihm ein Hungerlohn. Aber das ist immer noch besser als gar keine Arbeit. Wenn er alle Aufträge mitnimmt, reicht es knapp, weil seine Frau halbtags noch diese Altenbetreuung hat. Die Heimfahrten nach Gdansk, das Geld für die Tochter und die restliche Familie, für all das macht er sich krumm und schluckt solche Kröten. Wenn ihn mal jemand nach seiner Arbeit fragt, antwortet er stets mit „selbstständiger Handwerker", nicht ohne diese Worte nachdenklich im Kopf nachhallen zu lassen.

Eigentlich läuft es gerade gut. Er freut sich darüber, die alten Fliesen ohne weiteren Schaden herausstemmen und die neuen mit Expresskleber zügig einkleben zu können. Nach eineinhalb Stunden bereits kann er verfugen. Zwischendurch erscheint mehrfach eine nette, pummelige junge Frau im Bad, die dann stets auf der Suche nach dem Sohn des Hauses ist. Sie hat ihm bereits zu Beginn seine Arbeit gezeigt, sich als Kinderfrau vorgestellt und verlangt, er solle Jessica zu ihr sagen. Und sie erklärt ihm mit rollenden Augen, dass dieser „Bengel" schon wieder ihrer Obhut entwischt ist. Einmal taucht der „Bengel" tatsächlich auf. Es ist ein etwa fünfjähriges Kerlchen, das schon in diesem Alter bemerkenswert altklug und arrogant daherkommt. „Machen Sie das aber richtig", tönt er, woraufhin Adam ihn mit einem scherzhaft gemeinten Fingerdrohen von der Baustelle schickt.

Soeben hat er die Arbeit beendet und den Raum gesäubert, als Jessica wieder hereinkommt. Als er ihre Frage bejaht, ob er schon fertig sei, geht sie wieder hinaus. Nach kurzer Zeit erscheint die Frau des Hauses, um die Arbeit zu begutachten. Es ist eine etwa vierzigjährige, extravagant gekleidete Dame. Sie gibt sich unnahbar, aber lässt sich immerhin herab, sich ihm als Frau von Holthusen-Nüsser vorzustellen. Ihn dabei anzusehen, scheint sie nicht für nötig zu halten. Ihr Blick wandert stattdessen von der Wand mit den ausgebesserten Fliesen, an denen es anscheinend nichts auszusetzen gibt, zu dem protzigen Tiffanyspiegel. Gerade als Adam die niedrige dreistellige Summe nennt, die er für Material und Arbeit zu bekommen hat, fällt sie ihm ins Wort: „Das ist ja gerade mal ein Bruchteil des Schadens, den sie an unserem Spiegel angerichtet haben. Wie ist ihnen das denn passiert? Sind sie immer so unvorsichtig bei der Arbeit?" Da steht sie nun im Badezimmer, die Hände wie im Gebet gefaltet, sieht nicht ihn an, sondern diesen Spiegel, und hat eine Miene aufgesetzt, die zu einer Knastwärterin bei der Arbeit passen würde.

Adam braucht eine Weile, um überhaupt zu begreifen, welche Ungeheuerlichkeit ihm hiermit unterstellt wird. Und noch weitere Zeit braucht er, um sich so zu sammeln, dass er endlich zu einer Antwort fähig ist. Doch auch dann noch kann er nur stammeln: „Ich … ich … ich habe nichts kaputt gemacht. Der Sprung da war doch schon."

„Unglaublich ist das, wie sie sich hier verhalten. Wenn jemand einen Fehler macht, dann hat er dazu zu stehen", belehrt sie ihn in einem Ton, den wahrscheinlich selbst ihr kleiner Sohn unpassend finden würde. „Sie bekommen von mir überhaupt keinen Cent, jedenfalls solange nicht, bis der Schaden an diesem schönen Stück behoben wurde. Das ist teure Handwerkskunst. Da stecken einhundertdreißig Stunden qualifizierter Arbeit drin. Ich werde den Meister anrufen und um eine Reparatur bitten. Die Differenz zwischen ihrem Lohn und der Reparatursumme kann dann verrechnet werden. Wenn sie Glück haben, kommen sie mit dreihundert Euro davon." Dann geht sie kopfschüttelnd hinaus.

Erst jetzt begreift Adam, welche Dimensionen dieser ungeheuerliche Vorwurf hat. Sie will ihm nicht nur seinen Lohn vorenthalten. Nein, sie will ihn auch für einen Schaden heranziehen, den nicht er, sondern wer weiß wer angerichtet hat. Vielleicht ist es der blöde Bengel oder die Kinderfrau gewesen, vielleicht sogar diese Frau selbst. Zutrauen kann er ihr das allemal – so wie die hier auftritt. Adam sieht, wie schon häufiger in der letzten Zeit, Schreckensbilder vor sich. Kein Geld für die Heimfahrt, für Essen, für Wohnen, für die Tochter. Wie lange vollführt er schon diesen Drahtseilakt am Rande der Armut? Will die hier ihm den finanziellen Gnadenstoß geben? Ärgerlich verwirft er sofort wieder die Idee, zu zahlen, nur um Ruhe zu haben. Bei seinem Stolz wird er niemals etwas auf sich nehmen, das er nicht verschuldet hat. Und dazu hat er weder das Geld noch die Haftpflichtversicherung, um es darüber zu regeln. Leute in seiner Lage können sich solche Versicherungen nicht leisten.

Nachdem die feine Dame das Bad bereits verlassen hat, ist er endlich zur Gegenwehr fähig. Fatalerweise greift er nun auf seine gewohnten Mittel zurück. Die sind nicht zimperlich, sind nichts für die Ohren einer feinen Dame mit einem „von" und einem Bindestrich im Namen. Aber andere Mittel hat er nicht. „Du blöde alte Kuh, du willst mich betrügen?", schreit er ihr hinterher, und die so Betitelte bleibt erstarrt im Flur stehen. „Wenn ich nicht sofort mein Geld kriege, schlage ich alle Fliesen wieder kaputt, und deinen Scheißspiegel haue ich obendrein in tausend Stücke." Bei diesen Worten reißt er seine Werkzeugkiste auf und beginnt, hektisch darin zu wühlen. Er sucht einen Hammer oder etwas Ähnliches, um seine Drohung wahr machen zu können.

In einer unnachahmlichen Bewegung und mit einem Blick, in den sie alle Arroganz legt, zu der sie fähig ist, dreht sie sich um und erwidert in ruhigem Ton: „Sie beleidigen mich, sie nötigen mich, sie bedrohen mich. Dafür habe ich eine Zeugin." Dabei zeigt sie auf Jessica, die inzwischen, alarmiert durch den Lärm, herbeigelaufen ist. „Und sie werden dafür zur Verantwortung gezogen", schiebt sie nach. „Mein Mann weiß, was zu tun ist, um Typen wie ihnen das Handwerk zu legen. Sie werden noch von uns hören, verlassen sie sich darauf."

Adam, der die doppelte Bedeutung des Ausdrucks „Handwerk legen" begreift, obwohl dieser nicht seiner Muttersprache entstammt, schnappt sich seinen Werkzeugkoffer und drängelt sich wutschnaubend an dieser Frau mit ihrer unglaublichen Arroganz und Dreistigkeit vorbei zur Haustür, die er stürmisch aufreißt. Bevor er sie hinter sich zuknallt, schreit er noch in Richtung Badezimmer: „Du alte Nazihure! Ihr Scheißdeutschen macht Witze über uns Polen. Wir würden euch bestehlen, sagt ihr. Wer beklaut hier jetzt wen, he?" Nachdem die Tür hinter ihm mit lautem Krachen zugefallen ist, läuft er zu seinem Auto, wirft die Kiste in den Kofferraum und sich in den Fahrersitz. Vorbeigehende Passanten sehen einen aufgewühlten Mann hinter dem Steuer, der seinen Tränen freien Lauf lässt.

*

Der Richter erfragt ihre Personalien und horcht auf, als er den Namen hört. „Sind sie mit dem Rechtsanwalt Hubert von Holthusen verwandt?", fragt er. „Wir sind verheiratet", sagt sie süffisant und sieht erstmals in Richtung Anklagebank, in der Erwartung, das Erschrecken in den Augen des Angeklagten triumphierend auskosten zu können. Doch Adam hat sich noch im Griff. Ihre Blicke kreuzen sich kein einziges Mal. Während ihrer Aussage sieht er sie dann widerwillig von der Seite an. Als sie irgendwann den Kopf in seine Richtung dreht, aber rechtzeitig stoppt, um ihn nicht ansehen zu müssen, und dabei ihre Version über sein Verhalten von sich gibt, wendet er vorsorglich den Blick. Wie zwanghaft sieht er durch jenes Fenster, das sich über der Bank der Staatsanwältin befindet. Er stiert hinüber auf das gegenüberliegende Gebäudedach, wo gerade eine offenbar verletzte Taube versucht, aus der vollgeschissenen Dachrinne zu krabbeln. Dabei wird sie von einer kräftigen Krähe und einer Elster attackiert, die sich zu diesem Zweck verbündet zu haben scheinen. Er muss sich von diesem Bild losreißen, als er seinen Namen hört. Er nimmt noch jenes arrogante Hochziehen der linken Augenbraue wahr, nachdem die Frau mit herablassender Betonung angewidert seinen Namen ausgesprochen hat:

105

„Herr Manski", hat sie soeben gesagt, aber es klang für ihn wie „das Monster". So ist sie gestrickt, diese Frau. Die wird stets die Frechheit aufbringen, andere für ihre Fehler verantwortlich zu machen. Mit Fußvolk darf man so umspringen, glaubt die sicherlich. Adams Gesichtszüge beginnen ein Eigenleben zu führen, als sich seine vom aufkommenden Ekel getriebenen Mundwinkel langsam nach unten ziehen und sich seine Oberlippe der gerümpften Nase nähert.

Bei ihrer Vernehmung bleibt sie bei der Version, Adam müsse den Spiegel beschädigt haben, denn noch kurz vorher habe sie sich im Badezimmer umgesehen. Alles sei in Ordnung gewesen. Die Beleidigungen und Bedrohungen schildert sie, als sei ihr seelisches Gleichgewicht dadurch unrettbar aus dem Lot geraten. Als solle alle Welt wissen, dass sie das Opfer eines rohen, gewissenlosen, gewalttätigen und sexistischen Monsters wurde. Die Anteilnahme aller Justizangehörigen ist ihr gewiss. Auch die Gerichtstouristen, die sich keine noch so peinliche Verhandlung entgehen lassen, setzen eine Mitleidsmiene auf. Nur Rumann sitzt neben seinem stumm gewordenen Mandanten und schüttelt bei jeder Szene dieser Stücks demonstrativ und missbilligend den Kopf, bis der Star der Aufführung endlich abtritt.

Nach ihrem Aufruf betritt Jessica verschüchtert den Saal, blickt unruhig zwischen ihrer Arbeitgeberin und Adam hin und her. Sie wird befragt. Zunächst vom Richter, dann von der Staatsanwältin, zuletzt von Rumann. Sie bestätigt, die Nötigung, die Beleidigungen und die Bedrohungen durch Adam gehört zu haben – es sei ja gar nicht zu überhören gewesen. Und sie bringt es schließlich fertig, nach einem rückversichernden Blick auf ihre Chefin, die ihr aufmunternd zunickt, zu erklären, der Spiegel sei vorher heil gewesen. Sie wird als Zeugin entlassen, nachdem Rumann sie zu ihrem Arbeitsverhältnis befragt hat. Dabei konnten die Anwesenden erfahren, dass sie ein halbjähriges Vorpraktikum bei Familie von Holthusen ableistet, als Vorbedingung für eine Erzieherausbildung. Deshalb ist sie dankbar, für 160 Stunden im Monat ein Taschengeld von 200 Euro zu erhalten. Adam sieht sie während der gesamten Vernehmung an. Sie hat sich verändert. Es ist ihr sichtlich unangenehm, seinen Blick zu erwidern. Damals war das anders, da hat sie seine Nähe gesucht. Ob auch die anderen merken, dass sie lügt, weil sie unter Druck steht?

Danach erklärt der Richter die Beweisaufnahme für beendet und blickt wieder auffordernd auf die Staatsanwältin. Ihr Plädoyer fällt kurz aus, denn das Ergebnis der Hauptverhandlung ist für sie eindeutig. Da sitze ein uneinsichtiger, ja verstockter Mann auf der Anklagebank, der nicht fähig sei, zu einem Fehler zu stehen – nämlich zuzugeben, den teuren Spiegel beschädigt zu haben. Anstatt den angerichteten Schaden einzuräumen und zu regulieren, wie es sich gehöre, habe er stattdessen geleugnet und sich dann obendrein dazu verstiegen, sich in skandalöser Weise seiner Verantwortung durch die Flucht nach vorn zu entziehen. Straftaten wie Nötigung, sexistischer Beleidigung und Bedrohung seien nun das Resultat. Sein Opfer sei dadurch so beeinträchtigt worden, dass es psychosoziale Betreuung nötig habe, die inzwischen über den Weißen Ring auch vermittelt worden sei. Zwar habe er die ihm vorgeworfenen Straftaten eingestanden, aber dennoch sei er uneinsichtig, weil er die Schuld für sein Fehlverhalten bei anderen suche. Der Angeklagte müsse dafür empfindlich bestraft werden. Eine Geldstrafe reiche hier nicht aus – Freiheitsentzug sei das notwendige und angemessene Mittel, ein Jahr Freiheitsstrafe sei daher tat- und schuldangemessen. Gnädigerweise beantragt sie, diese Strafe noch zur Bewährung auszusetzen, weil Adam Manski bisher unbestraft sei.

Demonstrativ schwer durchatmend erhebt sich Rumann, als ihn der Richter um sein Plädoyer bittet. Er blättert vornübergebeugt in den losen Blättern, die vor ihm auf dem Tisch liegen, wobei seine speckige Krawatte vorwitzig aus dem offenstehenden Talar hervorlugt. Seine Schläfenadern führen ein rhythmisches Eigenleben. Im Zusammenspiel mit dem unkontrollierten Zucken seines Mundes und seinem stoßweisen Atmen erleben die Beteiligten eine optisch-akustische Darbietung besonderer Art. Nach einer Zeitspanne, in der er sonst eine halbe Zigarette wegqualmt, in der er mehrfach den Mund öffnet und zum Reden ansetzt, um ihn dann doch wieder zu schließen, schafft er es dann endlich, zögerlich zu beginnen:

„Wer ist hier eigentlich Täter, wer Opfer? Von der Staatsanwaltschaft wird einfach als gegeben vorausgesetzt, dass dieser Spiegel tatsächlich von meinem Mandanten beschädigt wurde. Er bestreitet das vehement. Hier steht Aussage gegen Aussage, wenn wir einmal die Aussage des von Frau von Holthusen-Nüsser abhängigen Kindermädchens ausklammern. Und wer diese junge Frau hier erlebt hat, wie sie sich mehrfach mit Blicken vergewissert hat, ob sie bei ihrer Gefälligkeitsaussage auch alles richtig gemacht hat, muss Zweifel haben. Und solche Zweifel lassen uns den Grund erkennen, weshalb mein Mandant so ausgerastet ist. Beleidigung, Nötigung und Bedrohung werden von ihm ja eingeräumt. Da muss man doch fragen, weshalb ein solcher Mensch, der sonst sehr besonnen durchs Leben geht, der noch nie in Deutschland mit dem Gesetz in Konflikt gekommen ist, urplötzlich zu so einer Tat fähig ist. Was hat ihn veranlasst, so die Nerven zu verlieren?"

Rumanns zögerliches Reden ist nun einer sicheren Sprechweise gewichen, die er unregelmäßig mit dem Schließen seiner Augen kombiniert: „Wenn man da näher hinsieht, sind es vor allem zwei Auslöser, die man ausmachen kann. Zwei Auslöser, die etwas gemeinsam haben, nämlich die ungeheure Empörung, die sich durch sie Bahn bricht. Da ist einerseits die Empörung darüber, dass er um seinen Verdienst geprellt werden soll. Er hat gute, ehrliche Arbeit geleistet und erwartet den vereinbarten Lohn. Stattdessen wird ihm dieser Lohn vorenthalten – ihm, der finanziell stets kurz vorm Abgrund steht, von ihr, einer Frau, die im Geld schwimmt und es überhaupt nicht nötig hätte, ihn um seinen Lohn zu betrügen. Und da ist andererseits die Empörung darüber, dass er von ihr der Unehrlichkeit bezichtigt wird, dass er angeblich einen Schaden verursacht hat, von dem er weiß, dass er nichts damit zu tun hat. Und neben diesen empörenden Zumutungen soll er hier und heute die Erfahrung machen, dass ihm all sein Wissen über diese Unverschämtheit, die ihm entgegenschlägt, nichts nutzt. Ganz einfach deshalb, weil diese Frau, die ihn der Sachbeschädigung beschuldigt hat, am längeren Hebel sitzt. Weil man der schon deshalb glaubt, weil sie Macht und Einfluss hat. Weil ihr Ehemann dem Richter als Juristenkollege ein Begriff ist. Weil sie ihr Personal zu Gefälligkeitsaussagen drängen kann. Weil sie ihre Rechte kennt. Weil sie sich gut artikulieren kann. Weil das schon immer so war, dass solchen Leuten mehr geglaubt wird und sie sich mehr erlauben können als andere Leute. Weil sie all das zur Verfügung hat, was ihm fehlt: Geld, Macht, Einfluss, ein sogenannter guter Leumund. Er kommt aus Polen hierher, nimmt deutschen Handwerkern die Arbeit weg, indem er sie schamlos unterbietet, schlägt sich hier mit den üblichen Methoden durch. Man kennt ja die Polen. Die klauen, betrügen, übervorteilen doch alle. Da liegt doch auf der Hand, dass so einer, wenn er mal irgendwas beschädigt, nicht zu seiner Verantwortung stehen kann. Der wird die Flucht nach vorn antreten und um sich schlagen, wenn er mit dem Rücken an der Wand steht. Dies ist das Bild, das hier über meinen Mandanten in den Raum gesetzt wurde, und mit dem nun eine empfindliche Bestrafung, wie die Staatsanwältin sich auszudrücken beliebt, gerechtfertigt werden soll."

Rumann hat sich nun längst in eine Erregung hineingesteigert, die seine Stimme beherrscht. Er fährt fort: „Leider weiß außer Adam Manski und der Frau von Holthusen-Nüsser niemand hier im Raum, ob dieses Bild stimmt. Was ist denn, wenn es anders war? Wenn seine Version stimmt? Wenn es sich tatsächlich so abgespielt hat, dass der Spiegel nicht von ihm beschädigt wurde? Vielleicht weiß sie ja, dass es ganz anders war. Vielleicht glaubt sie aber auch, dass er es gewesen sein muss, obwohl sie sich da auch nicht sicher sein kann? Wenn nicht er den Spiegel beschädigt hat, sondern irgendeine andere Person, bekannt oder unbekannt, dann ist seine Empörung nachvollziehbar. Dann muss er sicherlich darauf hingewiesen werden, dass er Straftaten begangen hat, aber dann erscheinen die in einem völlig anderen Licht. Dann ist er nicht uneinsichtig, sondern zu Recht empört, und dann ist ihm das zu seiner Entlastung anzurechnen. Dann kann es nicht um eine empfindliche Bestrafung gehen, sondern lediglich um einen deutlichen Hinweis, dass er die falschen, nicht zu akzeptierenden Methoden angewendet hat, um seine berechtigten Interessen durchzusetzen. Dann haben wir hier mit einem wie Kohlhaas im Kleinformat zu tun, der sein Recht mit untauglichen Mitteln durchsetzen wollte und sich dabei schrecklich vergaloppierte."

Wieder verfällt Rumann in diesen zögerlichen Ton, als er zum Finale anhebt: „Wenn Adam Manski heute diesen Gerichtssaal mit einer empfindlichen Bestrafung verlässt, auf Grundlage einer möglicherweise falschen Annahme des Gerichts, er habe diesen Spiegel beschädigt, wird er dieses Verfahren als ein Lehrstück in Klassenjustiz in Erinnerung behalten. Und ich will nicht verhehlen, dass es mir dann genauso ginge. Die Gesamtumstände lassen für objektive Beobachter keinen anderen Schluss zu. Ich beantrage daher wegen der erwiesenen und von ihm eingeräumten Tatbestände der Beleidigung, Verleumdung und Bedrohung eine mildere Bestrafung, als von der Staatsanwaltschaft beantragt. Angesichts des Umstands, dass es sich um eine einmalige Verfehlung handelt und keine Vorbestrafung vorliegt, halte ich eine Geldstrafe von 50 Tagessätzen für tat- und schuldangemessen, die allerdings zur Bewährung ausgesetzt werden sollte."

Bald eine Viertelminute klingt im Gerichtssaal nach, was dieser schmuddelige Rechtsanwalt von sich gegeben hat. Alle sitzen da und blicken eher in sich hinein als in den Raum. Dann räuspert sich der Richter, klappt seine Akte zu und sagt: „Das Gericht zieht sich zur Urteilsfindung zurück. Fortsetzung der Verhandlung ist nach der Mittagspause, um 14 Uhr." Dann steht er auf und lässt einen Gerichtssaal voller nachdenklicher Leute zurück. Adam sieht Rumann, der sich für ihn als furchtloser Streiter und Beschützer aller Geknechteten dieser Welt entpuppt hat, mit glänzenden Augen an. „Danke", sagt er leise. „Warten sie´s ab, junger Mann", wiegelt der ab, weil ihm ein solcher Blick offenbar peinlich ist und er vielleicht befürchtet, die Erwartungen letztlich doch enttäuschen zu müssen. „Wenn ich Klassenjustiz sage, meine ich auch Klassenjustiz. Sollte dieser Richter tatsächlich über seinen Schatten springen können, fresse ich ´ne Bürste aus der Gerichtstoilette. So ´n altes Mietmaul wie ich geht aus Berufserfahrung skeptisch durch die Welt. Wunschdenken hilft da nicht weiter." Mit diesen Worten gibt er Adam die Hand und verabschiedet sich bis zur Urteilsverkündung in die Meineidsklause. Adam ahnt, warum. Der wird seinen Pegel wieder auf Normalstand bringen müssen, um den Rest des Tages durchzuhalten.

Adam mag nichts essen. Er sitzt in diesem Schnellimbiss vor seinem fast vollen Teller. Dieses Zeug ist einfach nur eklig, oder weshalb ist ihm sonst der Appetit vergangen? Das Plädoyer seines Rechtsanwalts hat zuerst Euphorie in ihm ausgelöst, aber nun lassen ihn dessen letzte Worte nicht los. Was werden die mit ihm machen?

Irgendetwas treibt ihn aus dem Laden, lässt ihn ziellos durch die Geschäftsstraßen laufen. In kurzen Abständen sieht er auf seine Uhr. Die Zeit will nicht verrinnen. Dreimal streicht er ums Gerichtsgebäude, schickt einen flehenden Blick hinauf zur steinernen Justitia. Dann fasst er Mut und geht endlich hinein. Das Treppenhaus erscheint ihm wie ein Tunnel, durch den er möglichst schnell hindurch muss, und die Putten und Ornamente nimmt er gar nicht mehr wahr. Vorm Gerichtssaal tritt er von einem Fuß auf den anderen, bis endlich geöffnet wird. Langsam füllt sich der Saal. Alle schauen peinlich berührt und zwanghaft in andere Richtungen. Rumann trägt eine mächtige Fahne vor sich her, als er sich neben Adam in den Stuhl fallen lässt.

Als der Richter eintritt, bemerkt Adam, wie der in Richtung dieser Frau von Holthusen-Nüsser blickt – mit einem aufmunternden Lächeln, das sein Gesicht vom Mund bis zu den Krähenfüßen umspielt. Und plötzlich erschließt sich dem Angeklagten der Sinn jenes seltsamen deutschen

Sprichworts, das er bisher nicht verstanden hatte: Eine Krähe hackt der anderen kein Auge aus.

Verwirrendes, hilfreiches Hildesheim

Planloses Durcheinander von Einbahnstraßen und verwinkelten Gassen. Eine weibliche Stimme aus dem Navi, die sich niemals aus der Ruhe bringen lässt, obwohl auf dem Display die Richtungspfeile wild durcheinander springen. Dieser Polizeiwagen, der frontal und direkt auf meinen Wagen zuhält und mich so zum Halten zwingt. Der Beamte in Zivil, dem seine Pistolentasche in Wild-West-Manier tief an der Hüfte baumelt, als er sich nach betont langsamen Schritten endlich zu mir herunterbeugt. Sein zugleich besorgter und missbilligender Blick, als er in strengem Ton sagt: „Sie fahren in verkehrter Richtung in einer Einbahnstraße."

All dies führt bei mir zu einer akuten Denkblockade. „Ich wollte – mein Navi hat mir doch angezeigt – ach du dicke Scheiße! So was ist mir noch nie passiert." Ich kann nur stammeln, zusammenhängende Äußerungen wollen mir nicht gelingen. Blackout! Er scheint das zu bemerken. Nach intensivem Prüfen der Papiere und einem mitleidigen Blick auf das Nummernschild meines Wagens, das mich für alle Gaffer als Nicht-Hildesheimer outet, belässt er es bei einer Ermahnung und sperrt per Handzeichen den fließenden Verkehr, damit ich den Wagen in die vorgeschriebene Fahrtrichtung lenken kann.

Nach einer erneuten Ehrenrunde durch das Einbahnstraßengewirr biege ich wieder an der kritischen Stelle ab, nur diesmal richtig. Nach weiteren zwanzig Metern fahre ich entnervt in eine Tiefgarage, die sich mir wie eine Rettungsinsel anbietet. Nur raus aus dieser Geisterbahn, deren Umsäumung nicht die üblichen Gruselgestalten, sondern unscheinbare, einstöckige Häuser aus den 1950er Jahren bilden.

Der Wagen ist nun abgestellt. Ich beruhige mich etwas, nehme meine Tasche aus dem Kofferraum und mache mich auf den Weg. Zu meiner Überraschung bin ich direkt unter meinem Ziel gelandet, dem *Knochenhauer Amtshaus*. Mehr als pünktlich treffe ich ein und frage mich durch.

Ich finde die Leute, bei denen ich künftig mitzumachen gedenke: den *Hildesheimlichen Autoren*. Die Mitgliederversammlung verläuft für mich ohne besondere Überraschung. Wie so oft bei Zusammenkünften von Menschen, die sich für eine Sache besonders engagieren, wird viel durcheinandergeredet. Das kommt mir vertraut vor. Alles nette Typen, denke ich, und fühle mich bald heimisch. Irgendwann trete ich zufrieden den Heimweg an. Ich werde wiederkommen, beschließe ich unterwegs, sehr gern sogar.

Zuhause komme ich nicht zur Ruhe. Ich starte den PC und rufe *Google Earth* auf, um Hildesheim einmal etwas übersichtlicher aus der Vogelperspektive betrachten zu können. Doch damit versuche ich vergeblich, meinen Fahrtweg in diese Einbahnstraßenfalle zu rekonstruieren. Alles Wildwuchs, denke ich, in mehr als zwölfhundert Jahren gewuchert. Entstanden aus willkürlichen Trampelpfaden, die einstmals um protzig gebaute Kirchen herumführten, mit danach langsam gewachsenen Stadtstrukturen, die im März 1945 mit einem Luftschlag zerstört wurden. Und nun stehen hier diese in schlichter Bauweise wiederaufgebauten Häuserzeilen, die man ohne Änderung der Straßenführung auf die Trümmer gepfropft hat. In diesem Gassengewirr breitet sich später auch noch der ausufernde Individualverkehr aus. Alle wollen mit ihren Blechbüchsen an ihr Ziel gelangen und obendrein auch noch einen Parkplatz finden. Zwei Systeme prallen aufeinander, und keines kommt zu seinem Recht.

Ich zoome mir das *Knochenhauer Amtshaus* näher heran und finde ganz in seiner Nähe, keine hundert Meter Luftlinie dürften das sein, einen mir bekannten Straßennamen. So nah ist also die Gerberstraße vom Marktplatz entfernt, denke ich. Obwohl von einer Straße im eigentlichen Sinne keine Rede mehr sein kann. Sie führt tunnelartig zwischen einem Kaufhaus und dem darangebauten Parkhaus hindurch. Niemand scheint dort noch zu wohnen. In meinem Kopf torkeln die Gedanken unkoordiniert durcheinander, und ich beginne, sie zu entwirren.

*

Über die Mitgliedschaft bei den *Hildesheimlichen Autoren* sehe ich mich zum dritten Mal in meinem Leben veranlasst, regelmäßig in diese Stadt zu fahren, die etwa dreißig Kilometer von meinem Wohnort entfernt liegt. Seit mehr als drei Jahrzehnten habe ich Hildesheim bei meinen Autobahnfahrten in südlicher Richtung rechts liegen lassen. So lange schon liegt der zweite Anlass zurück. Um 1980 studierte ich an der Fachhochschule Hildesheim. Auch damals schon hatte ich die dreißig Kilometer zurückzulegen, aber mein Weg führte mich fast immer über die ausgebauten, breiten Straßen direkt nach Ochtersum, wo mein Fachbereich untergebracht war. Die Innenstadt habe ich in dieser Zeit nur sehr selten aufgesucht. Ich kann also heute gar nicht beurteilen, ob schon vor fünfunddreißig Jahren diese Innenstadt mit ihrer unmöglichen Straßenführung mich und meine Fahrkünste überfordert hätte. Bei meinem ersten Anlass, mich nach Hildesheim zu begeben, war dies eindeutig noch nicht der Fall. Darüber will ich erzählen:

Meine Großmutter, die eigentlich bei uns in der hannoverschen Nordstadt wohnte, besuchte an jedem Wochenende ihren Partner – sie sprach stets von ihrem Freund – in Hildesheim. Als ich gerade in die erste Klasse ging, nahm sie mich erstmals mit. Zu der Zeit konnte man mit der *Roten Elf*, einer Straßenbahn, die sogar einen Speisewagen mitführte, der heiße Würstchen, Getränke und Süßwaren anbot, direkt vom Klagesmarkt in Hannover bis zum Hauptbahnhof in Hildesheim fahren. Erwachsene zahlten zwei Mark für eine solche Fahrt, Kinder entsprechend weniger. Ich fuhr also aufgeregt mit meiner Großmutter in der *Roten Elf* über Sarstedt und unzählige Dörfer nach Hildesheim, und unterwegs gab es sogar eine Brause für mich. Am Zielort wurden wir von Martin abgeholt, Omas Freund.

Der wohnte in der Gerberstraße. Zwischen normalen Wohnhäusern, auf einem Trümmergrundstück, lag seine Behausung. Es war der nur zufällig verschonte Rest eines ausgebombten Hauses. Über eine steile Stiege kam man in die erste Etage, die lediglich aus einem Raum bestand, der spärlich mit Kohlenherd, Bett, Tisch und Schrank ausgestattet war. Martin war stolz darauf, über elektrisches Licht und fließend Wasser zu verfügen. Bei meinem ersten Besuch roch es für mich sehr muffig und der Ofen rußte gewaltig. Diese Geruchsmischung hatte Martin schon bei seinem ersten Besuch in Hannover verströmt, und Oma roch genauso, wenn sie aus Hildesheim zurückkam. Und nun erkannte ich die Ursache dieser besonderen Duftmischung. Bei späteren Hildesheimfahrten – bald fuhr ich eigenständig mit der *Roten Elf* zu Oma und Martin – nahm ich diese besondere Geruchsmischung dann nicht mehr wahr. Wahrscheinlich roch ich für die anderen ebenso, wenn ich wieder nach Hause kam.

Ich fuhr gern nach Hildesheim, schon weil Martin und ich uns mochten. Er war ein kräftiger, sehniger Kerl, dem die Arbeit im Tiefbau wohl nichts ausmachte, so um die fünfzig Jahre alt, mit einer energisch hervorstehenden Kinnlade und einer blauen Schirmmütze, ohne die er niemals seine Behausung verließ. Schlagartig konnte er sein schelmisches Grinsen verändern, indem er es auf einer Gesichtshälfte einfach ausknipste; wozu ich ihn oft aufforderte, weil es mich faszinierte. Er war ein gutmütiger Kerl, von dem ich alles bekam, was ich mir wünschte: Abenteuer, väterliche Zuwendung und Süßigkeiten. Alles konnte ich ihn fragen, und auf alle meine Fragen wusste er gescheit zu antworten. Ich liebte es, am Samstag mit Oma und Martin in ein nahegelegenes Kaufhaus zu gehen. Wir gingen dann nach kleineren Einkäufen ins Kaufhausrestaurant, und Martin gab Jägerschnitzel mit Pommes frites aus.

Meine Mutter erzählte, Martin habe im KZ gesessen, weil er Kommunist gewesen sei. Damit konnte ich damals noch wenig anfangen, aber ihrem Tonfall entnahm ich, dass sie an seinem Schicksal Anteil nahm und seine Lebenshaltung ihr zu imponieren schien. Auf mein ständiges Nachfragen erzählte sie mir schließlich, dass auch mein Vater als Zwangsarbeiter unter der Naziherrschaft gelitten hatte, sie selbst aus ihrer Heimat vertrieben worden war und wir drei wegen solcher Umstände staatenlos seien – auch ich, obwohl sie vorher Deutsche war und ich in Hannover geboren wurde. Martin erzählte niemals von seiner Vergangenheit, und ich traute mich nicht, ihn danach zu fragen. Trotz seiner Fähigkeit, anderen stundenlang zuzuhören und selbst zu schweigen, brach aber manchmal seine Einstellung zu gesellschaftlichen Problemen durch und entlud sich dann in heftigen, oft witzigen Reaktionen.

So etwa an dem Tag, als er mich zu diesem Panzerkorso mitnahm. In der Zeitung war angekündigt worden, dass die neu aufgestellte und in Hildesheim stationierte Panzergrenadierbrigade ihre neuen Panzer der Öffentlichkeit vorstellen werde. Mit meinen gerade acht Jahren hatte ich schon mitbekommen, dass die Frage der Wiederbewaffnung die Gemüter erhitzte und aus meinem vertrauten Umkreis alle dagegen waren. Wir standen also am Straßenrand, eingezwängt von Leuten, die entweder stumm und erschrocken die Panzer an sich vorbeirasseln ließen oder protestierten und einigen, die laut jubelten. Da hob Martin seine geballte Faust und rief laut: „Bravo! Jawoll! Endlich! Soll der Russe doch kommen, dem werden wir es schon zeigen!" Eine gut angezogene Dame drehte sich entrüstet um und giftete ihn an, diesen vermeintlichen Kriegstreiber. Nur wenige Anwesende begriffen, dass es Sarkasmus, eine Provokation und eine klare Absage an die neue Bundeswehr war. Ich verstand es damals, trotz meiner sonstigen Unbedarftheit, denn ich wusste ja etwas über seine Vergangenheit.

Meine Fahrten nach Hildesheim genoss ich so über eine geraume Zeit meiner Kindheit. Eines Tages, ich muss so um die elf Jahre alt gewesen sein, wurde ich mutig. Seit mehreren Wochen war ich nicht mehr nach Hildesheim gefahren. Weshalb, weiß ich nicht mehr. Jedenfalls hatte ich in der Schule plötzlich die Idee, mit dem Fahrrad zu Oma und Martin zu fahren, um die beiden zu überraschen. Also schnappte ich mein 24er-Knabenrad und trampelte erst einmal von der hannoverschen Nordstadt bis zum Aegidientorplatz. Dort begann nämlich die Hildesheimer Straße, und ich wusste, dass mich die Straßenbahnschienen von dort aus direkt zum Hauptbahnhof in Hildesheim führen würden. Dazu musste ich ihnen einfach nur folgen. Dies tat ich dann auch, mutig, voller Elan und in kindlicher Selbstüberschätzung. Nach über drei Stunden unermüdlichen Tretens kam ich schließlich an der Endhaltestelle der *Roten Elf* an. Dort kannte ich mich ja aus, und bis zur Gerberstraße brauchte ich noch wenige Minuten, um an Martins Bruchbude anklopfen zu können. Das Gesicht meiner Großmutter, wie sie mich da so anblickt, diesen Bengel, der abgekämpft und stolz neben seinem Knabenrad steht, werde ich für alle Zeit in Erinnerung behalten. Sie und Martin taten erbost, aber ihr verschmitztes Grinsen über meine Heldentat entging mir nicht. Sie tuschelten miteinander. Während ich eine Riesenportion Kartoffelpuffer verschlang, die Oma extra für mich briet, verständigte Martin meine Eltern. Dazu musste er eine Telefonkette aufbauen, die von einem Schreibwarengeschäft an der Ecke zu einer Bäckerei in Hannover führte. Dort holte man meine Mutter an die Leitung, und alles Nötige wurde geregelt.

Völlig überfressen von den vielen Kartoffelpuffern wurde ich dann von Martin und Oma am Theatergarten in den nächsten Bus nach Hannover gesetzt. Ich sah sie noch solange aufgeregt winken, bis der Blickkontakt abriss, weil der Bus um eine Ecke bog. Mein Fahrrad sandten sie mir per Express nach Hannover zurück. Die gesamte Aufregung, sowohl die in Hildesheim als auch die in Hannover, konnte ich überhaupt nicht nachvollziehen. Es war doch gar nichts passiert.

Auch nach diesem denkwürdigen Ereignis fuhr ich noch oft nach Hildesheim, und es wurde mir stets gestattet und finanziert, wenn mir wieder danach war. Dies ist wohl auch vor dem Hintergrund der Befürchtung meiner Eltern zu sehen, ich könne irgendwann einfach wieder losradeln.

Das letzte Mal war ich am 5. August 1962 dort. Ich erinnere mich deshalb so genau an diesen Tag, weil ich zwei Tage zuvor gerade meinen 13. Geburtstag gefeiert hatte und im Radio die Nachricht zu hören war, Marilyn

Monroe sei tot aufgefunden worden. An diesem Tag spielte ich vor dem Haus auf dem Trümmergrundstück mit meinem Ball. Irgendwann kam ein etwa gleichaltriger Junge dazu, der in einem der *richtigen* Häuser gegenüber wohnen musste. Wir sprachen wenig, kickten und köpften eine Weile mit dem Ball, bis eine große, dicke Frau aus einer Haustür stapfte und erzürnt herüberblickte. So laut, dass es bestimmt auch in den Nebenstraßen gehört werden konnte, rief sie dem anderen Jungen zu: „Komm sofort ins Haus. Wie oft habe ich dir eingeschärft, dich nicht mit diesen Leuten abzugeben."

Der Gescholtene folgte brav dem Ruf seiner Mutter und ließ mich erschrocken und zugleich ratlos zurück. Ohne mit Martin und Oma über dieses Ereignis zu sprechen, verabschiedete ich mich bald und fuhr nach Hannover zurück. Diese Erfahrung, als Schmuddelkind behandelt und abgelehnt zu werden, schockierte mich und erschütterte mein Selbstwertgefühl damals nachhaltig. Wohl deshalb mied ich künftig Hildesheim. Den Nachfragen in meiner Familie wich ich aus. Knapp ein Jahr später starb Martin, ohne dass ich seinen unbeugsamen Geist noch einmal erleben durfte, und Oma kehrte ganz nach Hannover zurück. Sie nahm sich dort eine eigene Wohnung. Bis zu ihrem Tode hatte ich engen Kontakt zu ihr, aber über Hildesheim, die Gerberstraße und Martin haben wir nie wieder gesprochen.

*

Das Leben geht seltsame, unerwartete, niemals berechenbare Wege. Vor fünfunddreißig Jahren, als ich hier studierte, die Erinnerung noch frischer war und mein Selbstwertgefühl noch nicht so gefestigt, nutzte ich eine naheliegende Vermeidungsstrategie, um meine quälenden Gedanken zu dieser Geschichte zu verdrängen. Ja, es war eine lange Zeit der Verdrängung, bis neulich, als ich *Google Earth* für eine unscheinbare Recherche aufrief. Über fünfzig Jahre nach einem Ereignis, das die eigene Seele beschädigt hat, waren diese Schäden gnädig vergessen, vernarbt, vielleicht sogar verheilt. Inzwischen hatte ich Wege gefunden, mein Selbstwertgefühl auf andere Weise aufzurichten und es zu stärken. Einer dieser Wege führte über die wichtigste Entdeckung meines Lebens: dass ich jederzeit in der Lage bin, mir Belastungen von der Seele zu schreiben. Sehr oft nutze ich diese Methode, um nach Turbulenzen wieder zu mir zu finden, zur Ruhe zu kommen. Ja, und dies ist schließlich auch der Grund, weshalb ich Anschluss an eine Autorengruppe suchte.

Ein für mich belastendes Ereignis, das jahrzehntelang verschüttet war und über das ich mich nicht traute nachzudenken, habe ich nun, mit diesem Text, in die Erinnerung zurückholen können. Der Gedanke an dieses Ereignis ist dadurch erträglicher geworden.

Und ausgerechnet diese Geschichte schreibe ich nun als Beitrag für eine Anthologie über Hildesheim. Diese Stadt scheint mir näher zu sein, als ich es mir selbst bisher eingestehen mochte. Ist es nur Zufall, dass ich ausgerechnet an die *Hildesheimlichen Autoren* geriet?

Pflegeleicht

Am Katzentisch der Macht
warten sie
drängelnd
auf hingeworfene
Brosamen

Gestank
von Opportunismus
und Angst
verdrängt die Luft
zum Durchatmen

Einzelne Bröckchen
hingeworfener Nahrung
werden zum
sofort verschlungenen
Zankapfel

Man buhlt
um die Gunst
jener Herrchen
oder Frauchen
die aufmunternd
Häppchen verteilen
Reste dieser Orgie
vorenthalten
den darbenden
Zuschauern

Manchmal
springt jemand auf
beißt und kratzt
beschimpft und besudelt
Beifall heischend
entsetzte Zuschauer

Der Katzentisch der Macht
gedeckt für jene
die so vom Hündchen
zum Herrchen
oder Frauchen
aufsteigen wollen

Menschwerdung?

Das Märchen vom Warzenfrank

Es war einmal ein kleiner Junge, den hießen sie Frank. Er lebte mit seinen Eltern in der Einöde. Die Familie war so arm, dass alle auf ein zugiges Klo gehen mussten, das mitten auf einem Hinterhof stand. Weil sie aber nur wenig zu essen hatten und weil es darum nur wenig zu verdauen gab, war das nicht weiter schlimm. Dem Frank wuchs neben der Nase eine Warze, die von Tag zu Tag ein klein wenig größer wurde, und darum nannte ihn alle Welt Warzenfrank.

Eines Tages, als Frank gerade in die Zwergschule gekommen war und begonnen hatte, lesen zu lernen, sah er auf dem Küchentisch eine große rote Zeitung mit großen Buchstaben und vielen Bildern. Die Mutter hatte gerade drei grüne Heringe daraus ausgewickelt, die ganz fürchterlich nach Armeleuteessen stanken. Als sie die Fische in die Bratpfanne gelegt hatte, griff Warzenfrank nach der stinkenden Zeitung und schwor bei sich, sie nie wegzuwerfen, damit er immer die vielen Bilder bewundern konnte. Und fortan hütete er sie wie seinen Augapfel. Besonders eine kleine Geschichte darin hatte es ihm angetan, die seine Mutter ihm vorgelesen hatte. Die erzählte von einem kleinen Jungen, der mit einem goldenen Löffel geboren worden war. „So einen goldenen Löffel will ich auch haben", seufzte er.

Eines Tages zog Warzenfrank mit seinen Eltern in eine Stadt. Dort wurden all die Kutschen gebaut, die ohne Pferde fuhren, und Warzenfranks Vater durfte sie nun mit bauen. Stinkenden Fisch brauchte Warzenfrank nun nicht mehr zu essen, und zum Klo musste er nicht mehr auf den Hinterhof gehen.

Wenn er aus der Schule kam, drückte er sich immer an den Schaufensterscheiben die Nase platt. Da gab es viele schöne Sachen zu sehen, die Warzenfrank sich auch wünschte. Im Restaurant sah er die Leute Berge von Fleisch und Süßspeisen essen, beim Schneider sah er all die schicken

Anzüge, und beim Juwelier entdeckte er einen goldenen Löffel. Da dachte er an die stinkende Zeitung, die er immer noch unter seinem Kopfkissen hütete, und an die Geschichte vom Jungen mit dem goldenen Löffel. Und da seufzte er wieder und sprach laut zu sich selbst: „So einen goldenen Löffel will ich auch haben."

Das hörte eine alte, gramgebeugte Frau, die ihm ähnlich sah, weil auch ihr eine große Warze neben ihrer großen Nase wuchs, und sie sagte zu Warzenfrank: „So einen Löffel bekommt aber nicht jeder. Wenn du ihn aber haben willst, musst du sieben Prüfungen bestehen. Einen solchen goldenen Löffel muss man sich verdienen."

„Aber was muss ich tun, um an einen so schönen goldenen Löffel zu kommen?", fragte Warzenfrank.

„Sieh dich doch einmal an", sagte die alte Frau. „Jeder erkennt doch, dass du ein armer Tropf bist, ein Habenichts, der auf der falschen Seite geboren wurde. Mit den sieben Prüfungen sollst du beweisen, dass du auf der richtigen Seite stehst. Goldene Löffel werden nur von Leuten vergeben, die selbst welche besitzen. Diene dich ihnen zu ihrem Nutzen an, bestehe deine sieben Prüfungen, und dann bekommst du auch deinen goldenen Löffel."

Warzenfrank hatte das alles gut verstanden, denn er war ein aufgeweckter Junge. Und er wünschte sich einen solchen goldenen Löffel so sehr, dass er für sich beschloss, fortan alles zu tun, was nötig sein würde, um endlich auch einen zu bekommen.

Und es dauerte nicht lang, da wurde Warzenfrank zum Klassensprecher gewählt. Das erfüllte ihn mit Stolz und er war frohen Mutes, nun bald die erste Prüfung bestehen zu können. Da trug es sich zu, dass dem Jungen eines armen Tagelöhners vom Lehrer ein Verweis erteilt werden sollte. Der hatte seinem Vater gepetzt, dass der Klassenlehrer sich wegen seiner

Armut über ihn lustig gemacht hatte, weswegen der den hochnäsigen Lehrer zur Rede gestellt hatte. „Hilf mir, Warzenfrank", sagte der arme Junge des Tagelöhners. Aber Warzenfrank, der als Klassensprecher anzuhören war, sagte zu ihm: „Ich würde ja gern, aber da kann ich dir nicht helfen. Dein Vater ist nun mal ein jämmerlicher Versager, da hat der Lehrer recht." Und als er das gesagt hatte und der Junge seinen Verweis bekommen hatte, wusste Warzenfrank, dass er seine erste Prüfung bestanden hatte. Fortan war er der Lieblingsschüler aller mobbenden Lehrer an seiner Schule, die ihre Zensurenvergabe gern am sozialen Status der Eltern ihrer Schüler orientierten. Und der Klassenlehrer sagte zu ihm: „Du bist mir sehr nützlich gewesen, und darum will ich dich belohnen." Und er gab ihm fortan nur noch sehr gute Noten und schrieb ihm Einser-Zeugnisse, sodass der arme Junge aus ärmlichen Verhältnissen am Ende gar studieren konnte.

Und weil er sich als Student überall bei denen beliebt machte, die etwas zu sagen hatten, machten sie ihn in einem Jugendverband zum Sekretär. Da trug es sich zu, dass zwei Verbandsmitglieder mit ganz bösen Leuten einer sozial ausgerichteten Partei verhandelt hatten, sodass man sie rauswerfen wollte. Doch als die sich an Warzenfrank mit der Bitte um Hilfe wandten, antwortete der: „Ich würde ja gern, aber ich kann euch da nicht helfen. Ihr wisst doch, dass man mit bösen Leuten aus solchen Parteien nicht sprechen soll." Und als er das gesagt hatte und die zwei Verbandsmitglieder rausgeworfen waren, wusste Warzenfrank, dass er seine zweite Prüfung bestanden hatte. Und der Verbandschef sagte zu ihm: „Du bist mir sehr nützlich gewesen, und darum will ich dich belohnen." Und er rief überall an, in den Zentralen von etablierten Parteien, Verbänden und Gewerkschaften, sodass Warzenfranks Name bald in aller Munde war.

Und bald darauf machten sie ihn zum Gewerkschaftssekretär. Da trug es sich zu, dass er Beschäftigten helfen sollte, die für ihre gute Arbeit besser bezahlt werden wollten. Da sagte Warzenfrank: „Ich würde ja gern, aber ich kann euch da nicht helfen. Euer Arbeitgeber hat soviel Sorgen, da muss er nicht noch mehr bekommen, und er wird sich auch zu wehren wissen." Und so konnte der Arbeitgeber unwidersprochen behaupten, die Forderung sei nicht gerechtfertigt. Und als er das gesagt hatte und die Beschäftigten weiterhin für Hungerlohn arbeiten mussten, wusste Warzenfrank, dass er seine dritte Prüfung bestanden hatte. Und der Arbeitgeber sagte zu ihm: „Du bist mir sehr nützlich gewesen, und darum will ich dich belohnen." Und er rief überall an, beim Arbeitgeberverband und bei den befreundeten etablierten Parteien, sodass Warzenfranks Name nun noch bekannter wurde.

Und eines Tages trat Warzenfrank einer neuen, aufstrebenden Partei bei. Die war von Leuten gegründet worden, die alle sozialen Probleme mit grüner Farbe übertünchen wollten, und die machten ihn zum Parteisekretär. Da trug es sich zu, dass er seiner Fraktion Argumente dafür liefern sollte, wie alle öffentlichen Dienstleistungen erhalten bleiben könnten. Da sagte Warzenfrank: „Ich würde ja gern Argumente finden, aber ich kann euch da nicht helfen. Die Kommune hat kein Geld, und darum müssen einige Dienstleistungen leider gestrichen werden." Und als er das gesagt hatte und die Fraktion eigentlich ganz froh war, weiterhin Dienstleistungen abbauen zu können, wusste Warzenfrank, dass er seine vierte Prüfung bestanden hatte. Und der Fraktionsvorsitzende sagte zu ihm: „Du bist mir sehr nützlich gewesen, und darum will ich dich belohnen." Und er versprach ihm, bei der Wahl des nächsten Dezernenten an ihn zu denken.

Und weil er soviel Verständnis für die Situation der Kommune aufgebracht hatte und seine Fraktion gestärkt aus der letzten Kommunalwahl hervorgegangen war, machten sie ihn zum Personaldezernenten einer Großstadt. Da trug es sich zu, dass wegen der schlechten Finanzlage und der nun gestrichenen Dienstleistungen eintausend Menschen entlassen werden sollten. Nun kamen seine Freunde von der Gewerkschaft und vom Personalrat auf ihn zu und baten ihn, die Entlassungen zu verhindern. Aber Warzenfrank antwortete: „Ich würde ja gern, aber ich kann euch da nicht helfen. Die Stadt hat so wenig Geld, dass auch ich um meinen Lohn fürchten muss, und darum müssen die Entlassungen sein." Und als er das gesagt hatte und die Stadt ganz froh war, noch mehr Stellen abbauen zu können, wusste Warzenfrank, dass er seine fünfte Prüfung bestanden hatte. Und der Oberbürgermeister sagte zu ihm: „Du bist mir sehr nützlich gewesen, und darum will ich dich weiterempfehlen." Und er versprach ihm, ihn bei der Besetzung des nächsten ganz wichtigen Postens höheren Orts zu empfehlen.

Ja, und weil er inzwischen allen bewiesen hatte, dass er sich stets auf die richtige Seite zu schlagen wusste, machte man ihn zum Vorsitzenden einer ganz großen Gewerkschaft. Da konnte er fortan ohne lästige Störungen Wasser predigen und Wein trinken und sein soziales Mäntelchen tragen, das seine vom Opportunismus gebeugte Gestalt vor den Leuten zu verbergen vermochte. Da trug es sich zu, dass Tarifverhandlungen zu führen waren. Wie jedes Mal bei solchen Gelegenheiten trommelte Warzenfrank die Mitglieder auf die Straße und drohte denjenigen mit Geldverlust, die weder in die Gewerkschaft eintreten noch mitstreiken wollten, und am Verhandlungstisch plusterte er sich wie immer ganz gewaltig auf. Und wie immer ließ er sich dann wieder für einen schamlos niedrigen Tarifabschluss ein, der viele Mitglieder empörte und sie wütend aus der Gewerkschaft austreten ließ. Aber weil ihnen die Verzweiflung die Kehle zuschnürte und sie Warzenfrank nur noch vorwurfsvoll fragend ansehen konnten, sagte er ihnen ins Gesicht: „Ich hätte ja gern, aber ich konnte euch da nicht helfen. Mehr war eben nicht rauszuholen. Die Arbeitgeber haben so wenig Geld, dass die Decke überall zu kurz ist, und darum solltet ihr zufrieden und überhaupt froh sein, noch Arbeit zu haben." Und als er das gesagt hatte, wusste Warzenfrank, dass er seine sechste Prüfung bestanden hatte. Und die Arbeitgeber sagten zu ihm: „Du bist uns schon wieder sehr nützlich gewesen, und darum wollen wir dich weiterempfehlen." Und sie versprachen ihm, ihn bei der Besetzung eines noch höheren Postens bei den obersten Staatsführern zu empfehlen.

Und weil nach drei vorzeitig zurückgetretenen Bundespräsidenten bald wieder ein neuer Präsident gesucht wurde, und Warzenfrank es bisher allen wichtigen Leuten sehr recht gemacht hatte, kürten sie ihn zum neuen Kandidaten für das Bundespräsidentenamt. Da durfte gottlob zwar keiner von den vielen Menschen mitwählen, denen er bisher schon einmal vor den Koffer geschissen hatte, aber dafür kam die gesamte Prominenz aus Politik und TV-Hofberichterstattung. Und die wählte ihn mit überwältigender Mehrheit, sodass Warzenfrank ins Schloss Bellevue einziehen durfte. Da trug es sich zu, dass er ein Gesetz unterzeichnen sollte, das die Arbeit der Gewerkschaften entscheidend einschränken würde. Da kamen alle seine alten Freunde aus Gewerkschaftstagen und liefen dagegen Sturm und forderten ihn auf, die Unterschrift zu verweigern. „Ich kann euch da nicht helfen", sagte Warzenfrank. „Die Einschränkung der Gewerkschaftsarbeit dient dem Wohle des ganzen Volkes, und das darf doch nicht von einer kleinen Gruppe solcher Egoisten wie euch beschnitten werden." Und als er das gesagt hatte, wusste Warzenfrank, dass er seine siebte und letzte Prüfung bestanden hatte. Und die davon profitierten, vergaßen vor lauter Glück, sich bei Warzenfrank zu bedanken und ihm noch mehr in Aussicht zu stellen. Das irritierte ihn.

Für Außenstehende mag es bald so ausgesehen haben, als ob das Glück den Warzenfrank nun verlassen hätte. Denn es trug sich zu, dass einer seiner zahlreichen Skandale aus seiner bewegten Vergangenheit von der großen roten Zeitung mit den großen Buchstaben und den vielen Bildern hochgekocht wurde und er nach qualvollen Wochen seinen Rücktritt erklären musste. Und doch war das genau der Zeitpunkt, an dem er endlich seinen so lang ersehnten goldenen Löffel erhielt – in Form eines Ehrensolds in Höhe von zweihunderttausend Euro per anno.

Und wenn er nicht gestorben ist, bezieht er den noch heute …

Neues von Tierfreund: Der gemeine Arschkriecher

Die Gattung des gemeinen Arschkriechers hat, wie wir alle wissen, eine kurze, gedrungene Gestalt und einen spitzen Kopf. Hinter den eng anliegenden Ohren befinden sich Drüsen, die bei Bedarf eine Flüssigkeit absondern, mit deren Hilfe der Arschkriecher besser in die Hinterteile derjenigen eindringen kann, die seine natürlichen Feinde sind und mit denen er sich gut stellen will, um ihnen nicht zum Opfer zu fallen; denn wer kann sich schon selber an oder in den Hintern beißen. Wenn der Arschkriecher Schutz sucht, hat er meist in Windeseile ein warmes Plätzchen gefunden, an dem er es sich mit seiner Partnerin gemütlich macht und bald neue Arschkriecher zeugt. Die Tragezeit beträgt zwei Wochen, und sie ist nicht zufällig so lang. Es ist die gleiche Zeitspanne, die der Organismus eines abgeneigten Wirtsmenschen benötigt, um Abwehrmaßnahmen gegen den ungebetenen Untermieter durchzuführen. Der Arschkriecher wird dann mitsamt seiner Brut kurzerhand mit dem Stuhl ausgeschieden. Hat sich der Wirtsmensch an seinen Gast gewöhnt und weiß er dessen Verhalten zu schätzen und sich zunutze zu machen, verbleiben solche Abwehrreaktionen des Wirtskörpers und die Arschkriecherin wirft bald zwei bis drei Junge.

Die Jungen wachsen in kurzer Zeit heran und machen in ihrer Jugend übermütige Ausflüge, um die feindliche Welt draußen zu erkunden. In dieser von Ablehnung der elterlichen Moralvorstellungen geprägten Lebensphase ist es für den Arschkriecher typisch, sich gegen seine natürlichen Feinde zu wenden und zu versuchen, seine Interessen in offener Weise zu verfolgen und durchzusetzen. Es ist dann die wesentliche Erziehungsaufgabe der Eltern, ihre Sprösslinge von diesem Unsinn abzubringen und zu einem artgerechten Verhalten hinzuführen. Wenn aber diese kritische Phase überwunden ist, kann der junge Arschkriecher sich von seinen Eltern lösen, in die Welt hinausgehen, sich selber Ärsche zum Reinkriechen suchen und eine Familie gründen, damit der Kreislauf von vorn beginnen kann.

Um die Zukunft der hier beschriebenen Art wird man sich keine Sorgen machen müssen. In einer explosionsartig wachsenden und stetig komplizierter werdenden Welt mit zunehmendem Konkurrenzverhalten, in der auch die Anzahl der natürlichen Feinde zwangsläufig wächst, wird sich der Arschkriecher hervorragend anpassen können und zunehmend seine Stärken zum Tragen bringen, die ihm die Evolution zuteilwerden ließ. In der Symbiose von Arschkriecher und Wirtsmensch verwirklicht sich ein Ziel, das in vielen bekannten Gesellschaftsentwürfen benannt wird - den Antagonismus zwischen Besitzenden und Nichtbesitzenden, Herrschern und Beherrschten, Avantgarde und Halt Suchenden aufzuheben. Wer seine natürlichen Feinde nicht angreift oder sich nicht wehrt, wenn er von ihnen angegriffen wird, sondern ihnen in den Arsch kriecht, hilft aktiv mit beim Aufbau einer schönen neuen Welt, in der es endlich friedlich zugeht. Einer Welt, in der nicht Egoismus das Handeln bestimmt, sondern das Bemühen, den Egoisten jeden Wunsch von den Augen abzulesen und im Voraus zu erfüllen. Dies wäre das Ende aller zwischenmenschlichen Feindschaft, quasi die Rückkehr der Menschheit ins Paradies.

Wir sollten denen dankbar sein, die uns schon heute durch ihr selbstloses Verhalten einen Vorgeschmack darauf geben, in welch konfliktarmer Weise die Menschen eines Tages miteinander leben könnten. Im eigenen, menschlichen Interesse sollten wir intensiven Artenschutz für eine Spezies betreiben – die der gemeinen Arschkriecher.

Fünf Jahre eines Lebens

Fünf Jahre, die formen und deformieren,
körperlich, charakterlich, seelisch.

Fünf Jahre an dieser Maschine
Auspuffkrümmer, Auspuffkrümmer, Auspuffkrümmer schweißen.

Fünf Jahre lang, 3250 Stück pro Frühschicht, Spätschicht, Nachtschicht
in unbarmherzigem Rhythmus.

Fünf Jahre als Glied einer Armee von Fabrikarbeitern
mit dem nicht weichen wollenden Gefühl, Teil dieser Maschine zu sein.

Fünf Jahre wachsen Muskeln und ein breites Kreuz im Maschinentakt,
nur der Verstand – der stört und will nicht schrumpfen.

Fünf Jahre, in denen dieser Verstand ungefragt und widerspenstig weiter
wächst, weil er nicht einsehen will, überflüssig sein zu sollen.

Fünf Jahre, zerrissen zwischen der Angst, sonst nicht existieren zu können
und der Angst, weiterhin so existieren zu müssen.

Fünf Jahre, die trotz allem nicht zu dumpfer Einfalt führen,
aber Resistenz und Renitenz gedeihen lassen.

Fünf Jahre des Lebens, die irgendwann enden – eher zufällig –
und einem wirklichen Leben weichen.

Fünf Jahre des Lebens, die trotz ihrer Hoffnungslosigkeit noch ein reiches
Leben bescheren,
weil sie lehren, wie groß die überwundene Kluft und der Gewinn sind.

Fünf Jahre, die unabänderlich so zu leben waren, aber dafür sorgen,
dass niemals vergessen werden kann, was ein solches Leben bedeutet.

Fünf Jahre, von denen zwei Dinge geblieben sind:
Klare, quälende Erinnerungen und das breite Kreuz.

Entsorgung

Es gibt keinen Ausweg. Der graue Tunnel, durch den er sich ohne äußere Gegenwehr mitziehen lässt, führt spürbar abwärts. Unentrinnbar ist dieses Geräusch der Anlage, die den Tunnel zwangsbelüftet. Eine scharfe Wendung nach rechts, dann steht er hinter seinem Bewacher, mit dem er durch solide Handschellen verbunden ist, vor der offenen Flugzeugtür. Das matt leuchtende Loch in der Maschine ist wie ein Gully, in dem seine Hoffnung, doch noch eine letzte Chance zu bekommen, unerbittlich versickert.

Die türkische Stewardess, jäh aus ihrer professionellen Freundlichkeit gerissen, mustert ihn mit menschlichem Interesse, wobei ihr Blick nicht länger als zur Registrierung nötig an den Handschellen hängen bleibt. Sie kennt Abschiebungen aus ihrem Arbeitsalltag. Meist fliegt sie wochentags die Route Istanbul-München-Istanbul. Nichts Neues also, bis auf das Alter des Jungen. Gerade mal vierzehn wird er sein, schätzt sie. Seine Jugendakne und der zarte Flaum über der Oberlippe geben eindeutige Hinweise, ebenso sein linkisches Verhalten, das er durch seinen herausgedrückten Brustkorb zu kaschieren versucht. Wenn er auch körperlich gut entwickelt scheint, so ist er doch noch ein Kind. Er scheint es selbst zu wissen, denkt sie. Dem angeketteten Begleiter nimmt sie die Bordkarte ab, lässt das ungleiche Paar an sich vorbeistolpern und verfolgt mit leicht irritiertem Blick, wie es die ihm zugewiesene Sitzreihe aufsucht.

Der Mann schiebt den Jungen behutsam zum Fensterplatz, drückt ihn sanft auf den Sitz und öffnet endlich die Handschellen. Kein erleichtertes Massieren der lädierten Handgelenke wie in den Hollywoodfilmen, sondern ein Zurückzucken der befreiten Hand und ein Vergraben im eigenen Schoß. Zugleich ein vor Schamröte aufflammendes Gesicht, als er die ungläubigen, erstaunten, hasserfüllten, schadenfrohen und verletzenden Blicke verspürt, von denen einige mit einem abschätzigen Grinsen verbunden sind. Der Mann murmelt ein „Mach es gut" und geht schweren Schrittes den Gang zurück zur Flugzeugtür, die Handschellen in ein Lederetui an seinem Gürtel verstauend. Dann nickt er der Stewardess zu und verlässt ohne zurückzublicken die Maschine. Murat ist nun allein gegen den Rest der Welt, die ihm feindlich gesonnen ist, die ihn nur noch loswerden will.

All diese Typen sind dem Jungen zuwider. Hundertmal hat er erlebt, wie sie sich über ihn und sein Verhalten aufregten. Sie scheinen alle miteinander stets nur darauf zu lauern, dass er wieder Scheiße baut. Er weiß, dass sie ihn ständig beobachten, um ihm jede Kleinigkeit sofort unter die Nase reiben können. Sie sagen nie „Scheiße bauen", sie reden anders. Staatsanwälte und Richter nennen es „Straftaten begehen". Polizisten sprechen auch so, drücken sich aber manchmal verständlicher aus. Immer dann, wenn sie auf Kumpel machen, um ihm ein Geständnis zu entlocken. Sozialarbeiter und einige Lehrer sagen auch „Scheiße bauen", wenn sie mit ihm über die Probleme sprechen wollen, die sie mit ihm haben und von denen sie behaupten, es seien seine Probleme. Bullshit! Er weiß, dass sie sich nur anbiedern wollen, indem sie vorgeben, so wie er zu reden. Doch er hat sie durchschaut. Er weiß, ihre Sprache untereinander ist die Sprache seiner Gegner, denen es darum geht, ihn wieder als Monster hinzustellen. Dann halten sie alle gegen ihn zusammen, dann sind sich einig. Sie werden ihn nicht mehr täuschen können. Sie behaupten zu wissen, was in ihm vorgeht, doch nichts wissen sie. Dies ist sein Leben. Wie er lebt und was ihn bis in seine Träume hinein verfolgt, weiß nur er und sonst niemand. Diese Klugscheißer! Sie leben ihr eigenes Leben und wissen nicht, wie er leiden muss. Sie hat man nie so herablassend behandelt wie ihn - sie sprechen ja richtiges Deutsch. Auch ihre Eltern haben sich bei ihnen Mühe gegeben. Doch bei ihm ist es immer allen gleich, wie er sich ausdrückt. Seine Sprache, ein Durcheinander von Deutsch und Türkisch, gespickt mit englischen und russischen Wörtern, die er irgendwo aufschnappt und meistens falsch einsetzt, wird nie korrigiert. Alle Jungs in seinem Viertel sprechen so wie er. Auch die Lehrer in der Schule nehmen es ungerührt hin, wie er sie anspricht. Sie lassen ihn spüren, wie wenig sie seine Ausdrucksweise mögen, aber sie korrigieren ihn nicht. Sein Sprachschatz ist ihnen scheißegal. Aber was er auch falsch macht, wird ihm vorgehalten – und er macht vieles falsch. Da bleibt für seine Spracherziehung wohl keine Zeit. Von den Schlägen, die er zu Hause bezieht, wissen die doch auch. Die Spuren an seinem Körper und an seiner Seele sind doch nicht zu übersehen, und dennoch gelingt ihnen das Weggucken. Er ist ihnen mit all seinen Macken und Problemen lästig wie ein soeben überfallenes Opfer, das in einem vollen Autobus verzweifelt und vergeblich um Hilfe bittet und seinen Peinigern weiterhin ausgeliefert ist. Sie wollen ihre Ruhe haben. Er ist doch selber schuld!

Er will nicht immer alles falsch machen. Längst hat er begriffen, dass er ihre Geduld überstrapaziert hat mit seiner stummen Art, um Hilfe zu bitten. Weil er bisher auf keinen billigen Rat gehört hat, den sie ihm gaben. Kann er denn überhaupt anders sein, auch wenn er es will? Der Mann vom Jugendamt, mit dem er wegen seiner Straftaten schon öfter zu tun hatte, prophezeite es ihm. Der Prophet hat dabei – wie immer äußerlich gelangweilt - mit einer verbogenen Büroklammer gespielt. In den Knast würden sie ihn stecken, wenn er so weitermachte wie bisher, hat der Prophet gewarnt und das an ein gebrochenes Rückgrat erinnernde ramponierte Stück Draht mit spitzen Fingern in den Aschenbecher geworfen.

Im Vergleich zu dem, was Murat nun durchzustehen hat, wäre die Erfüllung dieser Prophezeiung leichter zu ertragen gewesen. Nach dem neuesten Registerauszug über ihn, auf dem man neben Eigentumsdelikten nun auch Körperverletzungen und Raubtaten findet, ist es nur eine Frage von Wochen, bis man ihn in den Knast steckt. Lollo, ein deutscher Nachbar mit tätowiertem Gesicht und einer fehlenden Reihe oberer Schneidezähne, hat ihn noch auf spezielle Art für die kommenden harten Zeiten ermutigen wollen: „Ein Mann ohne Knast ist wie ein Baum ohne Ast". Mehr fällt ihm, bei all seiner Erfahrung, zur Misere des Jungen auch nicht ein.

Nun sitzt Murat in diesem Flugzeug und wird abgeschoben, in seine Heimat, wie sie sagen. Seine Heimat ist doch nicht im Kaukasus, sondern in Europa, in Deutschland, in Bayern, in Regensburg, in seinem Wohnblock in der 8. Etage. Auf seinem Spielplatz mit dem verrosteten Maschendrahtzaun, wo jetzt wohl seine Freunde schweigend auf der Bank mit der abgetretenen Rückenlehne sitzen, nachdenklich einen kleinen See aus Spucke vor ihren Füßen produzieren und jeder für sich ausrechnet, wann es ihn erwischt. Marco können sie nicht ausweisen, der ist ein Deutscher, der früher in Chemnitz lebte und dessen Sprache selbst Murat witzig findet. Auch Siggi nicht, der eigentlich Sigismund heißt, vor drei Jahren aus Kasachstan kam und bei dem sich Murat Mühe gab, ihm etwas deutsch beizubringen. Sigismund ist auch Deutscher. Doch was werden sie mit Karol aus Polen machen und mit Luigi aus Apulien und mit Sascha aus Österreich und mit Yussuf aus Algerien, der von dort floh, bevor er wie seinen Bruder mit durchschnittener Kehle enden musste? Und was ist eigentlich mit Steve, dessen Vater nach der Zeit in der Army wegging, während er mit seiner weißen Mutter in Deutschland blieb? Können sie den nach Detroit zu seinem dicken schwarzen Papa schicken? „Wir haben alle genug ausgefressen, sollen sie uns doch auf den Mond schießen", denkt Murat trotzig, als die Maschine abhebt.

Die Stewardess kümmert sich um ihn in besonderer, fürsorglicher Weise. Nicht viel ist es, was sie für ihn tun kann, aber sie umsorgt ihn, demonstrativ. Cola trinkt er vor seiner Henkersmahlzeit, einem viertel Hühnchen mit Reis und Salat. Später kauft er Schokolade, die er mit Bedacht isst. Der laufende Film interessiert ihn nicht, obwohl Video ihn sonst ständig berieselt. Er lehnt sich zurück und schließt die Augen, wünscht sich zurück in die Zeit, als seine Großmutter zu Hause auf ihn gewartet hatte, wenn er aus der Schule gekommen war. Großmutter hatte immer für ihn Zeit gehabt. Nie war es langweilig gewesen, niemals bedrohlich. Vater und Mutter hatten gearbeitet, Großvater im Teeraum an der Ecke gesessen und der ältere Bruder war seiner Wege gegangen. Bei den Schularbeiten hatte Großmutter ihm kaum helfen können, sie verstand ja kaum deutsch. Aber vieles andere hatte sie ihn gelehrt. Und wie ein Pascha hatte er sich bei ihr fühlen dürfen, alles hatte er gedurft, alles hatte er bekommen. Mit Großmutters Tod war Murat aus seinem Paradies gestoßen worden.

Nun hatte niemand mehr für ihn Zeit, er sollte mit seinen neun Jahren plötzlich auf sich selbst aufpassen. Er bekam nun soviel Geld, wie er von den Eltern forderte. Dennoch fing er bald an zu stehlen. Alle waren ratlos. Der Vater prügelte jedes Mal auf ihn ein, wenn ihn die Polizei wieder einmal nach Hause brachte. Als der Vater es leid war, beauftragte er den größeren Bruder, Murat zu erziehen. Die Schläge wurden nun regelmäßig. Nicht nur, wenn man ihn beim Stehlen erwischt hatte, wurde er geprügelt. Der Bruder schlug ihn jede Woche ohne neuen Anlass mit der Faust ins Gesicht, und wenn Murat wieder mal erwischt worden war, nahm der Bruder einen Knüppel zu Hilfe. Als zum ersten Mal ein Brief vom Jugendamt mit einer Gesprächseinladung an die Eltern ging und Murat mitkommen sollte, schärften sie ihm ein, der Familie „keine Schande" zu machen. Obwohl er das Gespräch zwischen der Frau vom Jugendamt und den Eltern dolmetschen musste, verriet er seine Eltern nicht. Er kam danach in eine Gruppenbetreuung für den Nachmittag. Vor den Schlägen des Bruders war er so stundenweise geschützt, entgehen konnte er ihnen dadurch nicht. Die Betreuung wurde bald abgebrochen, als Murat nicht mehr zur Gruppe kam. Irgendwann ging er dann auch nicht mehr zur Schule, nachdem das Schwänzen schleichend Eingang in sein Schülerleben gefunden hatte. Auch wenn er irgendwann körperlich stark genug war, sich gegen den Bruder zu wehren, so hätte er es doch nie getan. Ein Türke tut das nicht.

So wird er zu dem Störenfried, der er heute ist. Er stiehlt, mit seinen Freunden auf dem Spielplatz „hängt" er „ab" und er geht nur dann nach Hause, wenn er schlafen muss. Einmal wöchentlich wird er geprügelt, einmal monatlich bei der Polizei verhört, alle zwei Monate beim Jugendamt zum Gespräch gebeten – auch ein geregeltes Leben. Bis auf Murat sind alle ratlos. Er kennt es ja nicht anders. An seinem 14. Geburtstag gibt er seinen Freunden eine Pizza aus und startet anschließend mit ihnen eine Spritztour - Autoknacken hat er inzwischen gelernt. Nachdem man die Jungs aus dem verbeulten Auto geholt und zur Polizeiwache verfrachtet hat, eröffnet ihm ein gehässig grinsender Polizist, der mit ihm schon einige Male beruflich zu tun gehabt hat, man habe „die Startlöcher schon vor längerer Zeit gebuddelt" und sei sich in der Erwartung einig gewesen, ihn bald „festnageln" zu können. Nun sei mit Erreichen der Strafmündigkeit seine Schonzeit vorbei, er könne sich „schon mal warm anziehen". Die ersten drei Gerichtsverfahren lassen ihn kalt, er macht unverändert weiter. Schon beim ersten Mal wird er bei der Urteilsverkündung gewarnt, bald werde er im Knast landen, wenn er sich nicht endlich besinne. Er begreift nicht, was sie von ihm wollen. Er versucht doch immer wieder, „sauber" zu bleiben. Aber solche Sachen passieren eben. „Ist doch normal", sagt er dann meist.

Bald hat er seine erste Jugendstrafe, die noch zur Bewährung ausgesetzt wird. Von seinem Bewährungshelfer hört er erstmals davon, dass man ausländische jugendliche Straftäter neuerdings nicht mehr in den Knast steckt, sondern sie in ihr Ursprungsland abschiebt. Man kann ihn doch nicht in die Türkei abschieben, nur weil er einen türkischen Pass hat, denkt er und nimmt es nicht weiter ernst. Er kennt die Türkei nur von den Urlaubsfahrten, die ihn alle zwei Jahre in das Dorf seines Vaters in der Provinz Konya geführt haben. Was soll er da, was kann er da machen am Arsch der Welt bei dem Onkel, den er kaum kennt und der ihn für ein verwöhntes Großmaul hält? Lieber geht er in den Knast. Das sagt er auch dem Bewährungshelfer. Der behält zunächst für sich, dass man ihm wohl keine Wahl lassen wird.

Eines Tages steht dann wieder einmal ein Polizeiwagen vor der Tür – diesmal in Zivil. Der Junge geht routiniert mit den Beamten um, bis er begreifen muss, dass es nun Ernst wird. Angst sprudelt nun von seinem Herzen bis an die Schädeldecke. Sein Körper beginnt zu zittern, als er seinen Koffer packt. Die Eltern, die man aus der Fabrik abgeholt hat, sitzen aufgeregt in der Küche und versuchen vergeblich, das Papier zu verstehen, das ihnen überreicht wurde. Ohnmächtig auch Murats Bruder, als er erkennen muss, dass die Familienehre mit seinen Mitteln auch nicht zu retten war. Wie Pestkranke wird man sie jetzt behandeln, und Murat ist schuld. Viel öfter hätte ich ihn prügeln müssen, denkt er und hält sich für einen Versager.

Als der ältere Kripomann dem Jungen mit einem entschuldigenden Blick vorsichtig Handschellen anlegt, ist es ihm peinlich, diesen Job tun zu müssen. Dieses vor Angst zitternde Kerlchen tut dem sonst abgebrühten Bullen leid. Und dennoch reißt er sich zusammen und mimt seine Paraderolle: die unnahbare Staatsgewalt. Auf der Fahrt zum Franz-Josef-Strauß-Flughafen bei München – welch passender Name, denkt er noch – redet er dann doch beruhigend auf den Jungen ein. Er versucht, sichtbar erfolgreich, ihm durch aufheiternde Worte die Angst zu nehmen. Murat setzt sein coolstes Grinsen auf, als er spürt, wie er den Kampf gegen die Tränen verliert. Der Mann widersteht der Versuchung, dem Jungen sein Taschentuch zu reichen. Den jugendlichen Strolchen, mit denen er beruflich zu tun hat, erklärt er bei jeder passenden Gelegenheit, es sei eine Schande, schon am Boden liegenden Leuten noch ins Gesicht zu treten. So will er es jetzt auch halten.

Murat denkt an diesen menschlichen Bullen, der ihn ins Flugzeug brachte. Zieht Vergleiche zu denen, die sein Fallen nicht aufhalten wollten, die ihn immer nervten, wenn sie sich mit ihm befassten. Wäre er dem Bullen nur eher begegnet, denkt Murat. Die anderen haben ihn nie verstanden, diese verlogenen Typen. In ihrem Gesicht stand es geschrieben, dass sie Interesse an ihm nur heuchelten. Der Bulle hätte ihm Mut und Halt geben können, ganz ohne Prügel. Jede Erwartung dieses Bullen hätte er zu erfüllen versucht. Als Menschen hat er ihn behandelt und nicht als Müll, den es zu entsorgen gilt.

139

Die Frage der Stewardess, ob er noch einen Wunsch habe, empfindet er jetzt als lästig. Sie hat ihn aus Gedankengängen gerissen, die er bisher bei sich nicht kannte. Aber sein unwirsches, patziges Nein war falsch, das weiß er. Die Stewardess ist nett, was kann sie für seine Schwierigkeiten? Was er sonst nie konnte, gelingt ihm plötzlich. Eine Entschuldigung in Türkisch kommt leise über seine Lippen, belohnt durch einen verständnisvollen Blick und ein leichtes wortloses Nicken.

Wie haben sie ihm das Erwachsenwerden erklärt? Erwachsen wird man, wenn man für sich und andere Verantwortung zu tragen bereit ist. Bei sich will er anfangen. Er lehnt sich zurück und stellt sich seinen Onkel vor, der ihn für ein verwöhntes Großmaul hält. Den werde ich enttäuschen, und alle anderen auch, nimmt er sich vor.

Auf dem Istanbul-Airport gibt es keinen grauen Tunnel, und Murat vermisst ihn auch nicht. Der dankbare Blick, den die Stewardess zum Abschied auffängt, ist Beweis genug, dass sie seine Seele nur verschütten, aber nicht zerbrechen konnten. Vielleicht kann er in Anatolien beginnen, seine Seele allmählich von dem Müll zu befreien, der auf ihr lastet. Eine elende Plackerei wird das werden und wer kann schon wissen, wie erfolgreich sie sein wird. Es ist seine persönliche, aus unserer Unmenschlichkeit geborene Chance: die Entsorgung des Mülls einer Gesellschaft, die viel mehr davon produziert, als sie verkraften kann und die ihn billig ins Ausland entsorgt, wenn sie daran zu ersticken droht.

Eine Welt ohne Schrift

Irgendwann kamen die Herrschenden auf die Idee, jeglichem Widerstand den Boden zu entziehen und so ihre Herrschaft dauerhaft zu sichern. Sie verboten die Schrift.

Es brauchte ungefähr vier Generationen, bis das Verbot durchgesetzt war. Vereinzelt gab es zwar noch Hundertjährige, die Schriften horteten und sie auch zu lesen verstanden. Aber bis auf diese wenigen Alten verstand nun niemand mehr die seltsamen Zeichen, die man von Zeit zu Zeit auf alten Gegenständen fand. Auch die Angehörigen der herrschenden Kaste verlernten das Lesen und Schreiben. Aber die Mächtigen konnten sich Erzählmenschen halten, die wichtige Dinge weitertrugen und die ihr Wissen an die jeweilig nächste Generation in ihrer Familie weitergaben. Alle anderen Menschen lebten ohne langlebige Erinnerung vor sich hin – vergleichbar einem Schwimmer in einem Ozean bei Windstärke acht mit sechs Meter hoher Dünung, dessen Horizont gerade bis zur nächsten Welle reicht. Da es für die Beherrschten keine Vergleichsmöglichkeit mit früheren, besseren Zeiten gab, war die Herrschaftssicherung nicht durch Aufmüpfige bedroht, die besser leben wollten. Die Gesellschaft schien zu funktionieren, und die Herrschenden glaubten, ihr Plan sei dauerhaft auf-gegangen.

Doch irgendwann, Jahrhunderte später, begannen die Menschen wieder, ihr Wissen zu speichern und weiterzugeben. Es waren bescheidene An-fänge, man ging neue Wege und man begann, ein besonderes Medium zu nutzen. Und es war auch ein anderes Sinnesorgan, das statt Ohr und Auge dafür genutzt wurde. Die Menschen fingen an, über Gerüche zu kommunizieren und Informationen zu speichern. Zuerst waren es nur ein-fache Begriffe, die für Menschen aber Einschneidendes benannten und deshalb weitergegeben wurden: Es ging um Feste, Tod und Krieg. Im Laufe der Jahrhunderte verfeinerte sich das System, der Geruchssinn schärfte sich von Generation zu Generation. Irgendwann wurden die ersten bescheidenen Kommunikationsmaschinen gebaut, mit denen man olfaktorische Eindrücke transportieren und konservieren konnte. Statt Bibliotheken und Archiven wurden große Lagerhöhlen mit Millionen von Geruchsproben in Flaschen eingerichtet, in denen Wissen der Gesellschaft konserviert wurde. Irgendwann entstanden sogar Universalmaschinen, die aus nur drei Grundsubstanzen über besondere Mischungsverhältnisse alle möglichen Gerüche zu erzeugen vermochten. Der Geruchssinn der Menschen differenzierte sich immer weiter aus, bis über sechstausend Geruchsmischungen unterscheidbar waren, die alle eine andere Bedeutung auf Grundlage eines speziellen Wortes oder einer speziellen Betonung hatten. Mit der Zeit wandelte sich die Sprache und damit die Geruchsvorlieben. Deftiges wurde Mode. Was frühere Generationen als Gestank bezeichnet hätten und was in Zeiten der Schrift als Pornografie gegolten hatte, beherrschte nun die Alltagssprache. Und dann wurde die tragbare Geruchsübertragungsmaschine erfunden, die sofort reißenden Absatz fand. Nun waren auch endlich Konferenzschaltungen möglich zwischen Menschen, die über große Entfernungen miteinander Geruchsbotschaften austauschten. Auch entwickelte sich eine Werbeindustrie, die mit ungewollt empfangenen Botschaften die Menschen aufdringlich zwischen zwei Geruchs-Kommunikationseinheiten nervte.

All dies hätte, trotz einiger Fehlentwicklungen, für die Menschen positiv verlaufen können – wenn sie nicht letztlich doch Opfer der Bauernfängerei durch die Geruchsapparateindustrie (GAI) geworden wären. Man wurde bequem, machte sich zunehmend abhängig von den in immer kürzeren Abständen offerierten Angeboten der GAI. Marktfähige Produkte mit Suchtpotenzial wurden so gefördert und fraßen sich in die Seelen der Menschen. Anstatt gesellschaftlich nützlichen Tätigkeiten nachzugehen, entwickelten sich die Menschen zu einem Volk von Schnüffelfreaks, dem jeglicher Selbsterhaltungstrieb mit der Zeit verloren ging. Nahrungsaufnahme, Körperhygiene, Fortpflanzung verloren ihre Bedeutung, das Schnüffeln wurde nur von den ab und zu unverzichtbaren Schlafphasen abgelöst. Die Mächtigen hatten überzogen, das Volk und damit die Grundlage ihrer eigenen Existenz entglitt ihnen. Mit den Wenigen, die ihre Macht noch stützten, zogen sie sich in die Berge zurück. Dort führte die kleine Clique mit den gehorteten und geretteten Ressourcen ein mit der Zeit immer kärglicher werdendes Eigenleben – getrennt von und dennoch parallel zu einer Gesellschaft, die ihrem Untergang entgegendämmerte.

Dreitausend Jahre danach machte eine Gruppe von Archäologen einer späteren, aufgrund ihrer schriftlichen Ausdrucksfähigkeit hoch entwickelten Zivilisation eine erstaunliche Entdeckung. In einer Bergregion stieß man auf zahlreiche Höhlenkammern, in denen menschliche Skelette lagerten. Dennoch hatten sie keinen Grabcharakter. Hinweise auf rituelle Tätigkeit und Grabbeigaben fehlten ebenso wie schriftliche Aufzeichnungen. Diese Kammern konnten nur mit Atemgeräten erkundet werden, weil sie mit undefinierbaren Gasmischungen gefüllt waren, über deren Herkunft man lange rätselte. Der einzige Beweis, dass es sich um eine entwickelte Kultur handelte, waren die seltsamen Gerätschaften, über überall herumlagen. Eindeutig waren sie von Menschenhand erschaffen. Nachdem drei Forschergenerationen vergeblich dem Rätsel nachgespürt hatten, hatte eine junge Wissenschaftlerin, gefördert durch einen Zufall, Erfolg. Durch Kombinieren mehrerer Tasten der gefundenen Geräte und nach Anlegen einer willkürlich gewählten Spannung erwachte eines der Geräte aus seinem dreitausendjährigen Tiefschlaf. Plötzlich verströmte es einen Geruch, der in seiner olfaktorischen Zuordnung der konservierten Kammerluft glich und der in seiner chemischen Zusammensetzung bereits mehrfach analysiert worden war. „Das muss eine Botschaft sein", dachte die junge Forscherin in einer genialen Eingebung. Sie gab ihrem neuen Forschungsgebiet in Einordnung des zu erforschenden Zeitalters und in Anlehnung an die entdeckten Geruchsbotschaften einen Namen. Und sie selbst wurde zur Päpstin dieses speziellen Fachs der Forschung, das fortan „Olfaktorische Archäologie" hieß. Gegen Ende ihres Lebens, nach mehr als fünfzigjähriger Forschungstätigkeit hatte sie eine der Botschaften endlich entschlüsselt, wodurch die Chance eröffnet worden war, sämtliche

Botschaften zu übersetzen. Es handelte sich um einen Hilferuf aus der Vergangenheit, der zugleich als Mahnung an künftige Generationen verstanden werden musste. Die Botschaft lautete: „Wer schreibt, der bleibt, denn Gerüche sind flüchtig! Auch wenn Macht zum Himmel stinkt, kann sie niemals von Dauer sein!"

Die Forscherin nahm ihre Forschungsergebnisse mit ins Grab. Ihre Erkenntnisse gab sie zwar an die staatlichen Behörden weiter, aber wegen ihrer Brisanz wurden sie der Öffentlichkeit nie zugemutet.

ODE AN DIE
PARFÜMERIEABTEILUNGEN DER KAUFHÄUSER

EUCH KANN MAN NICHT ENTRINNEN
IHR HABT EUREN ANGEMESSENEN PLATZ
WER NACH OBEN WILL
IST GEZWUNGEN EUCH ZU HULDIGEN
BRAUCHT ER AUCH PROFANERE WAREN
ALS IHR SIE REPRÄSENTIERT

KRÄMERDENKEN GAB EUCH DIESEN EHRENPLATZ
DA RAUBT IHR UNS DEN ATEM
MIT DEN TEUERSTEN DÜFTEN DER WELT
AUFBEWAHRT IN KOSTBAREN FLAKONS
VON DEREN PREIS EIN BAUER IM SUDAN
SEINE SIPPE EIN JAHR ERNÄHREN KÖNNTE

EURE LACKIERTEN PRIESTERINNEN SPRÜHEN
FEIERLICH GRAZIÖS DUFTPROBEN UNTERS VOLK
JENE IGNORANTEN MIT BLICKEN STRAFEND
DIE MIT ZUGEHALTENER NASE
SCHNAPPATMEND ZU DEN ROLLTREPPEN STÜRZEN
IHR PARFÜMERIEABTEILUNGEN – DIESE GESELLSCHAFT
BRAUCHT EUCH!

Der nackte Mann aus dem Meer

Nie hätte er geglaubt, dass es ihn einfach so ausspucken würde – sein Element. Seit mehr als sechzig Jahren hatte er sich dem Meer verbunden gefühlt. Mit sechzehn Jahren hatte er seiner ständigen Sehnsucht nachgegeben und war von Zuhause abgehauen, um endlich anheuern zu können. Wenn er auch irgendwann an Land geblieben war, hatte es ihn doch immer wieder ans Meer gezogen. Alle seine Urlaube, jede freie Zeit hatte er am Wasser verbracht. Segeln und Tauchen waren seine bevorzugten Sportarten geblieben – bis heute. Wasser war sein Element, ob auf oder unter den Wellen. Er liebte es, er brauchte es, jederzeit musste es spürbar sein. Das Meer brachte ihm die nötige innere Ruhe, seinen Seelenfrieden. Hier war er mit sich und der Welt im Reinen. Alle Arschlöcher dieser Welt konnte er vergessen, wenn er Salzwasser roch und schmeckte, wenn es ihn sanft wiegte. Dann schloss er die Augen und genoss es, sein Meer.

Und nun das hier. Er als Strandgut, einfach so auf den Modder gespült. Grauer, schlickiger Schaum überall, durchsetzt von scharfen Muschelresten, die in allen Teilen seines nackten Körpers versuchten, seine durchgeweichte Haut zu verletzen. Der sein Gesicht beherrschende Ekel wurde von einer plötzlich aufkommenden Wut verscheucht, als er sich erinnerte, wie es dazu hatte kommen können.

Ihr Plan war misslungen. Sie hatten ihn nicht gut genug gekannt, seine Qualitäten unterschätzt, ihn nicht als den harten Hund erkannt, der er immer noch war. Die hatten wohl geglaubt, es sei ausreichend, ihn zu schnappen, ihm eins über die Rübe zu hauen, seine Klamotten runterzuziehen und ihn ins Wasser zu werfen. Mit solchen Mätzchen könne man ihn ausschalten und beseitigen, hatten die sich wohl eingebildet. Was waren das für Schwachköpfe.

Die aufkommende Mischung aus Bitterkeit und Verachtung löste ein verunglücktes Grinsen aus, das über sein geschundenes Gesicht schwappte. Mit der noch intakten linken Hand wischte er einen aufgeregten kleinen Krebs von seinem Haarkranz, in den der sich offenbar festzukrallen versucht hatte, nachdem er mitsamt dem Kopf des nackten, blutigen Riesen plötzlich in die Höhe geliftet worden war. Totstellen hatte ihm jedoch offensichtlich nicht geholfen.

Der nackte, blutige, vom Salzwasser durchweichte Riese stand nun schwankend am Spielsaum und starrte hinauf zu den Dünen, die sich im letzten Licht der untergehenden roten Sonne noch einmal chic gemacht hatten, bevor sie sich nun in der kommenden Neumondnacht unsichtbar machen würden. Der Mann spie in den feuchten Sand, und seine blutige Spucke verlief sich darauf in winzigen roten Fäden. Nach den ersten schleppenden Schritten wechselte er allmählich in einen entschlossenen Gang, der den Wattboden erbeben ließ. „Nicht mit mir", murmelte er halblaut. „Die doch nicht, und mit mir schon gar nicht!" Als er den Deich erklimmen musste, nahm er seine geschundenen Arme zu Hilfe. Ein zufälliger Beobachter hätte bei dieser Szene aus einiger Entfernung an einen Hund beim Sandpaddeln denken können. Endlich, oben auf der Deichkrone, konnte er im Dämmerlicht die Umrisse eines Ortes erkennen, der sich mit ersten Lichtern auf die kommende Nacht einzustellen begann. Das Schicksal schien es wieder gut mit ihm zu meinen. Im Weitergehen spürte er nicht, dass ihm das Gras, über das er so entschlossen schritt, seine durchweichten Füße zerschnitt.

Die würden nun auf seiner Jacht sitzen und feixen, da draußen auf der Nordsee. Ihre Köpfe würden sie zusammenstecken und leise beratschlagen, sie sie seine Habseligkeiten unter sich aufteilen wollten, so als wenn ihnen da draußen jemand zuhören konnte. Schon ihr schlechtes Gewissen würde sie flüstern lassen. Das Boot würden sie gemeinsam nutzen und die Kohle teilen. So malte er sich ihre Abmachung aus. Mit neuem Namen und neuen Papieren wäre das Boot in Kroatien sicherlich gut zu verchartern, und allein davon würden sie einigermaßen gut leben können. Zusätzlich das Bargeld für diese Nobelkarosse, die sie wie Speck in der Mausefalle eingesetzt und ihm als ein Schnäppchen offeriert hatten: Sie hatten es ebenfalls eingesackt. Damit würden sie einen gelungenen Neustart hinlegen können, da unten am warmen Mittelmeer.

War es für sie etwa eine besondere Herausforderung gewesen, ihn zu überrumpeln? Nein, er hatte es ihnen zu einfach gemacht. Wie einen Idioten hatten sie ihn in die Falle gelockt und überrumpelt. Schon vorher hatte er geahnt, dass der ihm angebotene Wagen irgendwo geklaut worden sein musste. Schon der geforderte Preis dafür war ein ausreichender Hinweis gewesen, und er hatte noch einiges herunterhandeln können. Wieso war er nur so blöd gewesen, die beiden Autoschieber für einen kurzen Ausflug mit auf sein Boot zu nehmen. So etwas hatte er bisher stets vermieden. Das Boot gehörte ihm, und es war sozusagen sein Reich. Doch in seiner Eitelkeit, gespeist aus Angebertum und Besitzerstolz, hatte er diesmal Typen auf sein Boot eingeladen, die er nicht kannte. Das Geschäft hätte er auch anders abwickeln können. Den Wagen hatte er bereits vorher begutachtet. Alles schien dem Anschein nach seine Ordnung gehabt zu haben, Papiere und Schlüssel hatten gepasst. Die letzte Erinnerung hatte er an das Knallen des Champagnerkorkens jener teuren Flasche, die er über das Tablett mit den drei bereitgestellten Gläsern gehalten hatte. Nun, beim Gang über die salzige Wiese, schüttelte er heftig den Kopf, als er sich eingestehen musste, wie leicht sie ihn hatten übertölpeln können.

Die hatten schon über ihn triumphiert, hielten ihn für Fischfutter. Aber Pustekuchen! Die sollten ihn kennenlernen! Bis ans Ende der Welt würde er sie verfolgen, sollte es denn nötig sein. Erst einmal ein heißes Bad, ein paar Pflaster, einige Stunden Schlaf. Bloß keine Polizei. Diese Typen waren einerseits unfähig, andererseits kümmerten sie sich auch um Dinge, für die sie in Wirklichkeit keinen Auftrag hatten, nur weil sie in ihrer schlampigen Art zufällig darüber gestolpert waren. Nein, er würde das Nötige selber regeln, und er wusste, was nun zu tun war. Auf seinem

Zimmer warteten noch einige Scheine und ein Handy auf ihren Einsatz. Ein paar zu führende Telefonate, und er würde neu ausgerüstet sein für die Jagd auf diese beiden Stümper, die vergeblich versucht hatten, ihn zu beseitigen.

In den Gesprächen an Deck, vor ihrer Missetat, hatten sie ihm davon vorgeschwärmt, was mit so einer Jacht in Kroatien alles möglich sei. Damit mochten sie vielleicht richtig gelegen haben, aber erst einmal mussten sie dorthin gelangen. Er würde es zu verhindern wissen. Sein Schiff würde er sich wiederholen. Bis dahin würden Sie eine Reihe von Häfen anlaufen müssen, in Deutschland, Holland, Frankreich, Portugal, Spanien, Italien und entlang der Adria. Dort kannte er sich bestens aus, und er würde alle fraglichen Häfen systematisch abklappern. Diese Idioten konnten ja nicht ahnen, was für einen harten Hund sie sich da als Gegner ausgesucht hatten. Er würde sie finden und sich rächen. Was sie vergeblich mit ihm versucht hatten, das würde er ihnen bald antun. Bisher waren ihm solche Rachegelüste fremd gewesen. Ein cooler Typ wie er hatte seine Emotionen sonst stets im Griff. Doch dies war eine neue Situation. Das Leben bot doch immer wieder Überraschungen, dachte er, und man lernte immer neue Seiten an sich kennen.

Er näherte sich seinem Ziel. Der schwierigste Teil würde nun sein, den Portier vom Anruf bei der Polizei abzuhalten, wenn er gleich nackt und geschunden in die Rezeption seiner Absteige stolpern würde. Alles andere wäre dann nur noch Routine.

Im Laufe seines Lebens hatte er vieles erleben müssen. Eine Menge Routine für alle möglichen Lebenslagen war daraus erwachsen. Und dies galt auch für den speziellen Fall, in den Besitz von Wertgegenständen anderer Leute zu gelangen. So stümperhaft wie seine Widersacher war er niemals vorgegangen. Er würde auch diesmal seinen Plan perfekt umsetzen, wie immer. Schließlich wusste niemand außer ihm, wie er seine

Jacht erworben hatte – nämlich auf eine solche Art und Weise, dass ihr früherer Besitzer ihm niemals mehr hatte hinterherlaufen können.

Warum man auch im Wald Rücksicht nehmen sollte

Ein Buschwindröschen hatte sich viel vorgenommen. Es wollte durch den großen Wald wandern. Es stellte sich vor, irgendwann dort anzukommen, wo der Buchenwald zu Ende war und sich eine andere Welt eröffnete. Natürlich war ihm klar, dass es sehr lange dauern konnte. Wenn es sein Ziel schon nicht selbst erreichen würde, dann auf jeden Fall eines seiner Nachkommen in der wer-weiß-wie-viel-ten Generation. Und so begann das Buschwindröschen seine Wanderschaft. Allerdings nicht allein, weil viele andere Buschwindröschen dieselbe Richtung einschlugen, obwohl das unter ihnen nicht abgesprochen war.

Irgendwann stand dem Buschwindröschen eine riesige Buche im Weg, die es auf seinem Weg hätte umwandern müssen. Da bog es seinen Kopf ganz nach hinten in den Nacken, damit es auch gut nach oben schauen konnte. Dann sprach es mit seiner piepsigen Stimme den Baum an und bat ihn, ein wenig Platz zu machen und ein kleines Stück zur Seite zu treten. Die Buche antwortete brummig, das Recht des Stärkeren gelte auch im Wald. Wegen eines winzigen Buschwindröschens würde sie doch weder eine Ausnahme noch einen Schritt zur Seite machen. Ihres Lebensziels beraubt, wandte sich die kleine Pflanze seufzend ab und wollte nun nicht mehr weiter wandern.

Da zog ein lautes, Furcht einflößendes Gewitter auf. Sein Regen gab dem Buschwindröschen neue Kraft. Und plötzlich schlug ein mächtiger Blitz in die Buche, der sie der Länge nach und bis zur Wurzel spaltete. Noch im Fallen ihre Missgunst auslebend, dachte die Buche: „Und dennoch habe ich gesiegt, weil ich mich dem Buschwindröschen quer in den Weg legen werde." So geschah es auch. Aber im nächsten Frühjahr, noch bevor das Buschwindröschen hätte weiterwandern können, wäre die Buche nicht gewesen, kamen Waldarbeiter und zersägten die Buche zu kurzem Brennholz. Das Buschwindröschen jedoch konnte seinen Lebensweg fortsetzen

und erreichte tatsächlich durch seine Anstrengung und über seine Nachkommen sein Ziel.

Und die Moral von dieser Geschichte: **Hochmut kommt vor dem Fall!**

Ornithologie bei der Bundeswehr

Die Jüngeren werden es vielleicht gar nicht mehr erfahren haben: Es gab mal eine Wehrpflicht. Und ich muss zu meiner Schande gestehen, dass ich auch mal bei der Bundeswehr war – ich wusste es damals nicht besser. Dort habe ich bei der Marine auf dem Flugplatz einen LKW gefahren. Das klingt komisch und verwirrend? Dann muss ich das erklären. Ich kam zur Marine, weil ich vorher mal bei der Handelsmarine zur See gefahren bin, und ich fuhr LKW, weil man mich in die Fachrichtung 73 gelassen hatte, um mir etwas Gutes zu tun. Die Dreiundsiebziger sind – kaum einer ohne nähere Kenntnis der Gepflogenheiten bei der Marine wird es wissen – die Militärkraftfahrer. Zu Beginn der Grundausbildung wurde einem die Fachrichtung verpasst wie zuvor bei der Einkleidung die Klamotten. Du wurdest taxiert, im Zweifelsfall mit einem Auge über den Daumen angepeilt - passt! Ich war als Wehrpflichtiger zwar zur Marine gekommen, weil ich meinen Wunsch beim obligatorischen Eignungstest formuliert hatte, aber ich hatte gehofft, dadurch wieder ein Schiff betreten zu können. Nun stellte sich jedoch heraus, dass ich für diesen Dienst aus Marinesicht nur bedingt geeignet schien. Ich hatte keinen Schulabschluss und keine Berufsausbildung bis zum Abschluss durchlaufen, an Bord hätte man für mich lediglich als Elfer Verwendung gehabt. Die Elfer trugen auf ihrem Ärmel das Abzeichen mit einem Anker, der ohne weitere Zugaben abgebildet war. Mechaniker hatten zusätzlich einen Zahnkranz darin, Funker ihre Blitze, Marineflieger Adlerschwingen, Militärkraftfahrer ein Lenkrad und so weiter. Über die Elfer hieß es: „Nichts im Anker, nichts im Kopp!" Da wollte ich mich nicht hinzugesellen. Ich wurde also Dreiundsiebziger mit der Aussicht, den Führerschein für LKW zu erwerben und dadurch meine trüben beruflichen Möglichkeiten nach dem Wehrdienst zu verbessern.

Nach der vierteljährigen Grundausbildung in Eckernförde kam ich nach Kiel, wo ich ein weiteres Vierteljahr den *Gastenlehrgang* absolvierte. Darunter verstand man die Vorbereitung für den anschließenden fachlichen Dienst in den Einheiten. Ich wurde nun also zum Spezialisten für das Autofahren gedrillt, mit deutscher, militärischer Gründlichkeit. Drei Monate lang machte ich Kiel sowohl mit dem kleinen *Munga* als auch mit dem großen *MAN* unsicher. Ich kannte bald jeden Winkel, jede Straße, jeden Schleichweg. Theoretischer Unterricht und Wartungsarbeiten ergänzten den täglichen Dienst, wir wurden regelrecht zur Prüfung gebimst. Schließlich kam der „Tag der Wahrheit", wie wir ihn nannten. An ihm wurden „die blinden Vögel aussortiert", so drohten unsere Ausbilder von Anfang an mit dem Prüfungstag. Von den sechzig Leuten meines Lehrgangs erreichten zwanzig uneingeschränkt das Ausbildungsziel, die Fahrerlaubnisse B und C, was für den Zivilbereich den Klassen Zwei und Drei entsprach. Ein weiteres Drittel erwarb B, aber nicht C. Ungefähr zehn Leute fielen ganz durch, der Rest bestand kurioserweise die Prüfung für C, fiel jedoch bei B durch. Dies bedeutete, dass sie zwar mit einem großen LKW die Passanten einschüchtern durften, das Steuern der kleinen Jeeps ihnen aber verwehrt war. Der Sinn dieser Regelung ist mir bis heute verborgen geblieben, wird aber sicher mit der tief verwurzelten Traditionspflege der Marine zu tun haben, die bekanntermaßen jede logische Überlegung plattmachen kann. Ich gehörte zum ersten Drittel, was mich ungeheuer stolz machte und mir außerdem die Beförderung zum Gefreiten inklusive einer mageren Solderhöhung einbrachte. Zum Lehrgangsende wurde mir dann meine künftige Einheit genannt, in der ich nun ein Jahr lang Dienst tun sollte. Es war das Marinefliegergeschwader 1 in Jagel. Ein Kumpel namens Eckstein, der aus Nürnberg kam, mit dem ich bereits in der Grundausbildung zusammengehockt hatte und der mit mir gemeinsam Kiel unsicher gemacht hatte, wurde ebenfalls dorthin kommandiert. Er kommentierte die Neuigkeit mit den Worten: „Da haben sie doch die Vögel, die so oft runterfallen – Starfighter!"

Es war eine ziemliche Umstellung. Während des letzten halben Jahres hatte man mich ständig in Trab gehalten. In der Grundausbildung konnte man nur beim theoretischen Unterricht halbwegs ungestört schlafen, ansonsten nervte man uns fast jede Nacht mit irgendeinem Alarm. Beim

Gastenlehrgang war die Zeit ebenfalls ausgefüllt, tagsüber Ausbildung, abends Kneipe oder Diskothek. In Jagel fiel ich nun in ein tiefes Loch. Die Unterkünfte lagen ca. zehn Kilometer vom Flugplatz entfernt in Kropp, einem elend langweiligen Dorf. Hier gab es eine Kneipe, die man aufsuchen konnte, wenn es gerade Sold gegeben hatte. Ansonsten hatten sie dort die stolze Errungenschaft eines Soldatenheimes, das ich aber nur einmal besuchte. Es hatte eher den Charakter eines schlecht ausgestatteten Jugendzentrums und war in keiner Weise geeignet, die quälende Langeweile zu beenden, die in Kropp aus allen Ritzen kroch. Meine Freizeit verbrachte ich daher meist in der Kaserne. An den Wochenenden, die nicht der Heimfahrt dienten, war Disco in irgendeinem Dorf angesagt. In der Kaserne wurde viel gepennt, gesoffen und gezockt. Wer vorher keinen Alkohol mochte, lernte ihn hier schätzen. Nach dem Empfang des Wehrsolds wurde es immer hektisch. Schulden waren zu bezahlen, Tabak auf Vorrat zu kaufen und mit dem restlichen Geld versuchte man, den finanziellen Spielraum durch Pokergewinne zu erweitern. Nicht selten war man so am Zahltag schon wieder pleite. Die Ausnahme machten einige jener Zeitsoldaten, die als Mannschaftsdienstgrade den Laden länger kannten und sich irgendwie eingerichtet hatten. Sie pflegten eine „wertvolle Freizeitgestaltung", wie unser Spieß uns unsere Gammelfreizeit unter die Nase rieb. Das „Wertvolle" sah dann oft so aus, dass erwachsene Männer sich ausgiebig mit dem Zusammenkleben von Schiffsmodellen, vorzugsweise Zerstörern, und Plastikflugzeugen beschäftigten, die sie aus Spielzeuggeschäften schleppten oder aus dem Versandhandel bezogen. Nein, Danke! Meine restlich dort zu verbringende Zeit konnte ich zählen, die letzten hundertfünfzig Tage per Maßband.

Aber auch der Dienst war in keiner Weise geeignet, die Wartezeit bis zur Entlassung zu verkürzen. Ich war Mitglied der Wartungsstaffel, meine Aufgabe als Kraftfahrer war es, „Powerwagen" zu fahren. Das war ein Unimog, auf den man hinten eine Riesenturbine gepackt hatte. Ich hatte rückwärts an die Starfighter heranzufahren, einen dicken Luftschlauch und ein Stromkabel abzuwickeln, die mit den Vögeln verbunden wurden.

Ich leistete mit meinem Gerät die Starthilfe durch Heißluft und Strom, da die Dinger eigenständig nicht angelassen werden konnten. Es machte jedes Mal einen Höllenlärm, wenn erst meine Turbine und dann die des Flugzeugs liefen, ganz zu schweigen von dem Krach, der beim Start entstand. Pro Flugtag veranstalteten unsere tollkühnen Starfighter-Piloten mehrfach ihre Gruppenstarts, sie bestiegen die Dinger jedes Mal, als wollten sie wie einst Wyatt Earp den O.K.-Corral zum letzten Gefecht entern. Unsere Wartungsstaffel hatte die Vor- und Nachbereitung dafür zu leisten. Wir arbeiteten im Zweischichtbetrieb, eine Woche Frühschicht, die nächste Woche Spätschicht. Pro Schicht gab es jeweils zwei Start- und Landeaktionen, in denen wir wirklich zu tun hatten. Dazu kam für mich etwas Wagenpflege und sonstige Routinearbeiten.

Die andere Hälfte der Zeit auf dem Flugfeld mussten wir jedoch totschlagen. Wir als Powerwagenfahrer taten dies manchmal unter dem Vorwand, etwas am anderen Flugplatzende erledigen zu müssen, durch die Veranstaltung privater Flugplatzrennen mit den Unimogs. Die hatten durch die geschulterte Turbine einen ziemlich hohen Schwerpunkt, und es erforderte einiges Geschick und Wagemut, die Kisten mit 100km/h über die Taxiways zu scheuchen, ohne die blauen Lampen zu berühren und dann auch noch zu gewinnen. Die Lampen blieben nicht immer heil. So mussten sich die römischen Wagenlenker gefühlt haben, die in Ben-Hur-Manier den Sichelnaben des Gegners zu nahe gekommen waren. Dennoch war es recht selten, dass ein Wagen umstürzte. Wir achteten auch sehr darauf, kostete dies den Steuerzahler doch jedes Mal eine Menge Geld. Wir waren uns in dieser Hinsicht unserer Verantwortung bewusst. Mit solchen Spielchen lässt sich allerdings, das ist wohl nachvollziehbar, nicht ständig die Langeweile besiegen. Meist saßen wir daher in unserem Coffee-Shop, einer von zwei größeren Baracken draußen neben der Piste, auf der unsere Vögel geparkt und gewartet wurden.

Hier wurde für unser leibliches und seelisches Wohl gesorgt. Zwei Obergefreite, die auf ihrem ursprünglich geplanten Weg zum Unteroffizier gescheitert waren, weil sie irgendwann Mist gebaut und eine Disziplinar-strafe inklusive Beförderungssperre erhalten hatten, saßen die zwei verbleibenden ihrer insgesamt vier Jahre dadurch bequem ab, dass sie den Service dort sicherstellten. Jede Woche fuhren die beiden zu einem Cash&Carry-Markt und holten Unmengen an Lebensmitteln, die dann von den Mitgliedern der Wartungsstaffel und anderen Soldaten, die zufällig bei uns zu tun hatten, vertilgt wurden. Neben Kaffee und Flaschengetränken boten sie kleine Speisen an, Spiegeleier, belegte Brötchen, Bockwürste sowie Süßigkeiten. Vom Überschuss wurden, wie es hieß, andere Dinge finanziert, ich weiß nicht was und wie oft, denn ich bekam nie etwas davon ab, obwohl auch ich für Umsatz sorgte.

Die Wartezeit zwischen Starts und Landungen verbrachten wir im Sommer nach Möglichkeit auf der Wiese, wo wir uns sonnten. Die übrige Zeit, besonders wenn es zu kalt oder zu ungemütlich war, lungerten wir im Coffeeshop herum. Selten kam einer mit Neuigkeiten oder einem frischen Witz, über den man noch lachen konnte. Die meisten dort erzählten Jokes kannten wir schon auswendig, es sei denn, dem Erzähler unterlief beim Vortragen die Panne, die Pointe vergessen zu haben oder zu verdrehen – es gibt ja solche Blödeltalente. Dann kam ein meist kollektives Grinsen auf, über das sich der Gaglieferant nur wunderte. Hektisch wurde es, wenn etwas Unvorhergesehenes geschah, eine plötzlich bekannt gegebene Manöverübung, ein Unfall auf dem Flugplatz, die Ankunft eines hohen Vorgesetzten oder Ähnliches. Abstürze von Starfightern gehörten erklärtermaßen nicht dazu, wir taten so, als sei dies bei uns unmöglich. Dennoch behaupteten böse Zungen, die Dinger seien bauartbedingt gar nicht geeignet, in der Luft zu bleiben, und irgendwann kämen sie alle runter. Damals kursierte in der Öffentlichkeit ja auch der Witz, dass man sich nur ein Grundstück kaufen und abwarten müsse, um einen Starfighter zu bekommen. Also, wenn so ein Vogel irgendeiner Einheit von Luftwaffe und Marine unfreiwillig runterkam und wir davon hörten, machten alle bei uns auf besonders „cool". Wir logen uns dann wieder in die Tasche, dass dies bei uns nicht passieren könne, weil wir und unsere Piloten so gute Arbeit leisteten. In dem einen Jahr, das ich dem Marinefliegergeschwader 1 angehörte, geschah es allerdings zweimal. Einmal sah ich sogar zu, wie ein Trainer, also ein zweisitziger Starfighter, kurz nach dem Start durchsackte und tief am Horizont verschwand. Er fiel 10km hinter der Startbahn in sumpfiges Gelände, als Ursache wurde Vogelschlag angegeben. Nach solchen Ereignissen hatte der Schlendrian bei uns stets ein Ende, mindestens eine Woche lang.

Dann rissen sich auch die Leute für kurze Zeit am Riemen, vor deren Alkoholproblem man weder Augen noch Nase verschließen konnte. Denn nicht nur am Montagmorgen war im Coffeeshop Verdunstung von Restalkohol angesagt, es lief die ganze Woche so und ging in den Trunk über, mit dem das Wochenende begrüßt wurde. Besonders ältere Zeitsoldaten, die das geisttötende Soldaten-Dasein am Arsch der Welt mit Alkohol zu betäuben gelernt hatten, fielen damit auf. So hatte ich einen Kerl auf der Bude, der zwischen den Diensten, in denen er als 2. Wart die Flugzeuge abfertigte, nur Zeit für Saufen und Simmel aufbrachte. Es war seine Art, sich doppelt zu betäuben. Lissy, wie wir ihn nannten (sein richtiger Name tut hier nichts zur Sache), kam aus Bottrop und war ein echtes Urvieh aus dem Ruhrgebiet. Als ich ihn kennenlernte, war er Zeitsoldat auf zwei Jahre. Irgendwann kaufte er sich günstig einen alten Opel Kadett und machte damit die Gegend unsicher. Eines Tages fuhr er damit ein Schilderhäuschen an der Hauptwache über den Haufen, die Unfallaufnahme mitsamt Schadensabwicklung wurde eine bundeswehrinterne Angelegenheit, bei der eine Untersuchung des Blutalkohols vermieden werden konnte. Allerdings hatte Lissy nun Schulden, denen er nur dadurch Herr zu werden glaubte, dass er sich auf vier Jahre verpflichtete. Die Verpflichtungsprämie ging dabei fast drauf, es langte noch zu zwei Kästen *Knaddel-Daddel-Äppelwoi*, ein Modegetränk seinerzeit, mit dem Lissy meinte, seinen Konsum drosseln zu können. Übrigens: Als ich ein Jahr nach meiner Entlassung aus der Bundeswehr zu einer Alarmübung in meine alte Einheit zurück musste, sah ich Lissy wieder. Er hatte sich inzwischen auf acht Jahre verpflichtet. Welchen Schaden er mit der dafür ausgezahlten Verpflichtungsprämie reguliert hatte, behielt er für sich. Lissy war einer jener Typen, bei denen der Alkohol ihr gutartiges Wesen hervorkehrte und andere dazu brachte, sie für ihre Zwecke auszunutzen.

Aber es gab auch die anderen. Diejenigen, die ihre Aggressivität im Rausch nicht mehr im Zaum halten und mit anderen in inakzeptabler Weise glaubten umgehen zu können. Auch von dieser Sorte lernte ich hier ein Exemplar kennen, näher als mir lieb war. Oberbootsmann S. (auch dieser Name tut nichts zur Sache) stammte aus der hannoverschen Gegend. Bei jeder sich bietenden Gelegenheit und auch, wenn sich keine bot, stänkerte er bei den Mannschaftsdienstgraden herum. Willkürlich griff er sich einzelne Leute heraus, die er schikanierte. Er gab ihnen dann oft Befehle, die nichts mit dem Dienstbetrieb zu tun hatten, aber sein Gegenüber herabwürdigten. Er schaute sich dann stets Beifall heischend um, doch selbst den Männern, die den gleichen Dienstgrad hatten und mit ihm ihre Freizeit verbrachten, war sein Verhalten peinlich. Niemand gebot ihm Einhalt, obwohl sein Verhalten gegenüber den Mannschaftsgraden genau so wenig akzeptabel war wie die Tatsache, dass er als 1.Wart manchmal stinkbesoffen die Piloten abfertigte. Eines Tages war ich dran. Wir saßen wie so oft im Coffeeshop, hatten gerade den Start erledigt und nun mindestens eine Stunde Zeit, uns etwas zu erzählen. Möglicherweise war meine Reaktion auf eine am Tisch erzählte Story unangemessen laut, aber dies entspricht nun einmal meinem Naturell. Für Oberbootsmann S., der zwei Tische weiter saß und meinte, sich gestört fühlen zu müssen, war dies Anlass genug, mich hörbar lallend und mit hochrotem Kopf mit den Worten anzuraunzen: „Fischer, gehen Sie raus und lassen sie sich vom Line-Chief Arbeit geben." Es gab wenige, die das witzig fanden und grinsten, vielleicht auch aus Verlegenheit. Eigentlich bin ich als ein umgänglicher Mensch bekannt, der Konflikte nach Möglichkeit vermeidet oder versucht, sie abzubauen. Aber wenn ich in solch herabsetzender Weise behandelt werde, muss ich mir und aller Welt beweisen, das ich kein dankbares Opfer bin. Also stellte ich ihn meinerseits bloß, indem ich ihn wie Luft behandelte. Ich überhörte sein Krakeelen und seinen blödsinnigen Befehl einfach. Er konnte nun nicht mehr zurück, ohne endgültig sein Gesicht zu verlieren. Also wurde er förmlich und rief so laut und deutlich, dass es jeder hören musste: „Gefreiter Fischer, ich gebe Ihnen den dienstlichen Befehl, rauszugehen und sich vom Line-Chief Arbeit geben zu lassen." Ein Zurückweichen war auch mir nicht möglich, ich wollte es auch nicht. Ein lautes „Nein" stellte die Sache klar, die nun in ein Stadium getreten war, in dem es gefährlich wurde. Ein Disziplinarverfahren wegen Befehlsverweigerung rückte für mich in bedrohliche Nähe, dennoch war ich nicht in der Lage, in Abwägung meiner Optionen doch noch einzulenken. Wir zwei hatten jetzt die ungeteilte Aufmerksamkeit der gesamten im Coffeeshop versammelten Wartungsstaffel. Man hätte den Furz einer Fliege hören können. Er stand auf, mimte das Raubein, das er sonst in seiner Stammkneipe gab, baute sich vor mir auf und sagte sein Sprüchlein zum dritten Mal, versehen mit dem Hinweis, dies sei die letzte Wiederholung. Für mich war das theoretisch die ultimative Möglichkeit, den Schwanz einzuziehen und mich ehrenhaft nach soviel demonstriertem Widerstand zu trollen. In Kriegszeiten wurden Leute, die sich verhielten wie ich jetzt, kurzerhand erschossen. Ich bezweifele, dass ich so idiotisch gehandelt hätte, wäre dies real in Betracht zu ziehen gewesen. Aber ich hatte nicht soviel zu verlieren, der „Kieler Trachtenverein", wie wir die Marine nannten, war mir mitsamt seiner Traditionen, seiner Ungerechtigkeiten und seiner kaum nachvollziehbaren Bestimmungen sowieso egal. Ich war stolz, Wehrpflichtiger und nicht Freiwilliger zu sein und im schlimmsten Fall konnte ich drei Wochen Arrest bekommen oder unehrenhaft entlassen werden. Auf eine solche Ehre schiss ich jetzt. Ich stand ganz bedächtig auf, ihm ständig ins alkoholfeuchte Auge blickend, und bemühte mich, mein „Nein" so laut und abgeklärt wie nur irgend möglich herauszubringen. Er schien es nicht begreifen zu können. Ich ließ ihn offenen Maules stehen.

Die Sensation war perfekt. Wie durch das sprichwörtliche Lauffeuer wussten innerhalb kürzester Zeit alle auf dem Flugfeld, welche Ungeheuerlichkeit abgelaufen war. Unterschiedlichste Leute, mit denen ich sonst kaum redete, sprachen mich an. Der Tenor war stets derselbe. Sicher sei der S. ein Riesenarschloch und es sei längst Zeit gewesen, ihm eins zu verpassen und ihn bloßzustellen. Aber dieser Schuss sei für mich nach hinten losgegangen, Befehlsverweigerung sei ein echter Hammer und ich hätte nun die Sache auszubaden. Als wir nach Schichtwechsel mit dem Bus in der Kaserne ankamen, wurde ich von einem richtigen Komitee empfangen, das sich im Wesentlichen aus den Schreibstubenhengsten rekrutierte. An der Spitze unser Spieß, Hauptbootsmann Anders. „Mein Name ist Anders, ich bin jeden Tag anders" war sein Credo. Mit diesem Spruch versuchte er seinen Job als Mutter der Kompanie abzusichern, indem er ihn Neuankömmlingen stets an den Kopf warf und ihnen damit Angst einjagte. Er teilte mir mit, ja schon immer gewusst zu haben, was ich für einer sei, und ich habe mich damit furchtbar in die Scheiße geritten, und am nächsten Morgen solle ich um 8 Uhr beim Staffelchef erscheinen. „Hoher Hut, zwei halbe Schläge", ergänzte er und machte damit klar, dass dann der offizielle Teil abgehandelt werden würde.

Unser Staffelchef, Kaleu v. B., entstammte einem altem preußischen Adelsgeschlecht, sein stolzer Familienname hatte ihn geradezu genötigt, entweder eine militärische oder aber eine wissenschaftliche Laufbahn einzuschlagen. Wir hatten im Mannschaftskeller neben anderen auch seine beruflichen Möglichkeiten öfters diskutiert und waren zu der Überzeugung gelangt, dass er mit der Marine wohl die richtige Wahl getroffen hatte. Für ein Berufsleben, in dem er für Fehlentscheidungen zur Verantwortung gezogen werden konnte, hielten wir ihn weniger geeignet. Er würde dort wohl „auf den Arsch fallen", wie es einer drastisch ausdrückte. Der Kaleu hatte ein linkisches und doch arrogantes Auftreten, das sich gut mit dem kettenhundeartigen Verhalten unseres Hauptbootsmanns Anders ergänzte, bügelte der doch für ihn jede Panne aus und schmiss der sich doch in jedes Fettnäpfchen, damit sein Chef nicht mehr reintreten konnte. Unser Spieß hatte ein triumphierendes Lächeln in seinen Schweinsäuglein, als er mich wie befohlen antanzen sah. Der Schreibstubenheini, Gefreiter wie ich, tat es in seiner schleimigen Art dem Spieß nach und grinste schadenfroh. Anders meldete mich persönlich beim Chef an, der mich noch ca. 5 Minuten schmoren ließ, um dann laut „der soll reinkommen" zu brüllen.

„Gefreiter Fischer meldet sich wie befohlen zur Stelle", schnarrte ich routiniert und machte dabei Männchen, wie man es uns andressiert hatte. Er ließ nicht rühren, sondern tat so, als lese er etwas wichtiges vom Blatt und als habe er meine Anwesenheit gar nicht bemerkt. Solche Mätzchen hatten mich allenfalls zu Beginn meiner Militärerfahrung beeindrucken können. Ich wusste längst, dass er mich auf kleiner Flamme weichkochen wollte und dass in irgendeinem Winkel seines Spatzenhirns ein kleiner Sadist saß, der die Situation genoss. Dann spielte er mir ein dilettantisches „Fertigsein mit Lesen" vor, um sich endlich mir zuwenden zu können. Mit seinem öligen Blick, den er aus seinen unter ausgedünnten Brauen gelagerten blassgrauen Augen abließ, heuchelte er Mitleid mit einem Delinquenten, den er an die Tür nageln musste, weil der es ja nicht anders gewollt hatte. Er gab mir dann eine Rückschau auf seine bisherige lange militärische Karriere, die mit der Erkenntnis abschloss, dass ihm eine solche Unverfrorenheit noch nicht vorgekommen sei. Dann folgte seine Litanei über die Auswirkungen von Wohl- und Fehlverhalten, die naturgemäß zu einem solchen Anschiss gehört und die wohl nur solchen Menschen leicht über die Lippen geht, die sich auf der „richtigen" und bequemeren, will heißen Siegerseite wähnen. Er gehörte zweifellos dazu. Nachdem er sich eine Viertelstunde in Ekstase geredet hatte, schloss er mit der rhetorischen Frage, was er denn bloß mit mir machen solle. Ich war davon überzeugt, dass dies für ihn längst beschlossen war. Auf die Idee, sich den Sachverhalt aus meiner Sicht schildern zu lassen und mich nach meinen Beweggründen zu fragen, war er erst gar nicht gekommen. Deshalb war ich mir sicher, dass er wie selbstverständlich davon ausging, dass die Gegenseite eine „objektive" Schilderung gegeben hatte.

Als ich tatsächlich die Unverschämtheit besaß, ihm zu antworten anstatt wie ein reuiger Sünder das Maul zu halten und die gerechte Strafe zu empfangen, war er tatsächlich verblüfft. Ich stand mit dem Rücken zur Wand. Mir blieb entweder die Flucht nach vorn oder furchtbare Prügel, bei der ich auch noch stillhielt in der falschen Hoffnung, nicht zu viel zu beziehen. Anfangs stockend, weil doch eingeschüchtert, dann mit zunehmend fester werdender Stimme machte ich ihm klar, welch menschliche Niete mich in welcher Situation wozu provoziert hatte. Gleich am Anfang erwähnte ich dabei die von mir als Ursache des Ärgers ausgemachte Trunksucht meines Kontrahenten sowie die Gefahren, die davon für den Flugbetrieb und die Piloten ausgingen. Als Sahnehäubchen präsentierte ich ihm die unverhüllte Drohung, bei Verhängung einer disziplinarischen Maßnahme würde ich dagegen Beschwerde einlegen und die Sache an die „große Glocke" hängen. Ich gab ihm zu verstehen, dass seine eigene berufliche Reputation Schaden nehmen könne, falls höhere Stellen feststellen mussten, welchen Saustall er führe. Im Übrigen solle er doch endlich für Ordnung sorgen, wagte ich ihm schließlich ins Gesicht zu sagen. Es war ein Akt glatter Erpressung und äußerst unmoralisch, aber es wirkte. Sein erst ungläubiger Blick, der sich aber allmählich normalisierte, zeugte davon.

Nun gewährte er mir nicht nur eine Kostprobe seines Verständnisses von „Innerer Führung" bei der Bundeswehr, er outete sich zudem auch als Hobbyornithologe, indem er mir einen Einblick in seine Kenntnisse auf diesem Gebiet gab. Treuherzig eröffnete er mir nämlich, dass eine Krähe der anderen kein Auge aushacke. Es war für mich keine umwerfende Neuigkeit, ich hatte derlei schon früher bei ähnlichen Anlässen gehört. Allerdings hatte ich ihm eine solche Problembewältigungsstrategie durchaus zugetraut. Dass er sich durch diese Einlassung mit unserem versoffenen Oberbootsmann auf eine Stufe stellte, begriff er in diesem Augenblick wohl nicht. Ich hatte es also tatsächlich geschafft, im letzten Moment mit eigener Kraftanstrengung aus der „Eisernen Jungfrau" auszusteigen, bevor man deren Klappe schloss. Damals lernte ich, dass in scheinbar aussichtslosen Situationen Handeln mit dem Mut der Verzweiflung oder ein blindwütiges Austeilen die Rettung bringen kann, jedenfalls besser ist, als dem eigenen Schlachter noch das Messer zu reichen in der unsinnigen Hoffnung, der werde es sich ja vielleicht noch anders überlegen.

Kaleu v. B. jedenfalls entließ mich völlig entnervt aus dem Gespräch. Sein Rückzugsgefecht bestand aus der Ankündigung, ganz ungeschoren werde ich in der Sache nicht davonkommen und ich hätte in Form einer erzieherischen Maßnahme zwei M.v.D. zu gehen. Damit waren vierundzwanzigstündige Wachdienste gemeint, die während seiner Wehrdienstzeit sowieso jeder mehrfach zu leisten hat. Bei dem beschriebenen Vorfall hatte ich noch um die einhundertsiebzig Tage Dienstzeit vor mir. Einen Wachdienst habe ich allerdings in der verbleibenden Zeit nicht mehr schieben müssen.

Weiß der Kuckuck, wieso.

Von großen und kleinen Tieren

Kürzlich ging ich hoffnungsfroh
in einen neu erbauten Zoo
zog mich passend an: Ich trug
´nen Anzug im Safari-Look

Freute mich auf interessante
Tiere, die ich längst schon kannte
doch immer wieder gerne sah
ahnte nicht, was bald geschah

Sah die treuen Elefanten
wie sie um die Wette rannten
um ihr Futter aufzurüsseln
das da lag in großen Schüsseln

Die das Affenhaus beherrschten
– Pavian´ mit roten Ärschen –
machten einen Riesenkrach
und alle Affen machten´s nach

Guten und geduld´gen Tieren
die da steh´n auf allen Vieren
gibt Futter man und ziemlich viel
Streicheleien mit Gefühl

Doch Esel, Ochsen, Schafe, Schweine
streicheln sich nicht von alleine
Mutti zeigt sehr gern, wie´s geht
wenn sie mit auf der Wiese steht

Dann war´s vorbei mit der Idylle
und plötzlich wurd´es schrecklich stille
ich traute meinen Augen nicht
sah schreckensbleich ins Dämmerlicht

Ein Wolf kam da aus seinem Bau
getrennt von mir durch Drahtverhau
im Maul trug er ein blut´ges Bein
das musste von ´nem Geißlein sein

Zwei Krähen stürzten sich auf Tauben
(Das kann der Zoo doch nicht erlauben!)
genossen ihren Festtagsschmaus
und hackten sich kein Auge aus

Nun kam Gefahr von überall
auch von dem Fuchs im Hühnerstall
das konnte ich nun gar nicht fassen
wer hat die alle frei gelassen?

Vor Furcht verengte ich die Augen
da sah ich Kleingetier beim Saugen,
Fressen, Schlingen, Schmatzen
was halfen da dem Bär´n die Tatzen?

Die Würmer, Läuse und auch Zecken
lauerten in allen Hecken
Treiberameisen – unverzagt –
war´n zu Tausenden auf Jagd

`Ne Gottesanbeterin fraß bedächtig
– denn sie war gerade trächtig –
den Mann. Verdammt, ich könnte schwören
ich hätte sie noch rülpsen hören

Mein Horrortrip war erst vollbracht
nachdem ich endlich aufgewacht
sah mich um im dunklen Raum
das war alles nur ein Traum

Schnell stand ich auf und duschte heiß
die Ängste weg, und auch den Schweiß
zog mich dann an und ging nett feiern
bei Börsenhai´n und Pleitegeiern!

Willems neue Welt

Als Willem erwachte, fühlte er sich genau so, wie er es vor dem Einfrieren befürchtet hatte. Es fröstelte ihn heftig. Von den Zehennägeln bis zu den Haarwurzeln quälte ihn ein erbarmungsloses Kribbeln – tatsächlich so, wie diese Typen in den weißen Kitteln es ihm ausgemalt hatten. Dennoch hatte er damals eingewilligt, weil die Alternative dazu noch viel weniger akzeptabel gewesen wäre.

Die Weißkittelmode hatte offenbar in der Zwischenzeit keinen größeren Wandel erfahren. Dieser Kittelträger hier war zwar in ein Modell aus seltsam reflektierendem Material gewandet, aber sowohl Form als auch Anzahl und Anordnung der aufgenähten Taschen waren in etwa gleich geblieben. Der Arzt sah Willem, der auf dem Rücken lag und nur mit einem dünnen Papierlaken bedeckt war, von den Füßen bis zum Kopf prüfend an, um dann den Blick auf dem Gesicht mit der Leidensmiene einzupendeln.

„Herr Willem Hunger?" Beim Vorlesen des Nachnamens, den er merkwürdig gedehnt aussprach, huschte ein irritierend abfälliges Lächeln über sein Gesicht. „Wir schreiben das Jahr 2251. Sie waren ungefähr zweihundertfünfunddreißig Jahre lang eingefroren. Wie fühlen Sie sich?"

„Beschissen, echt beschissen", presste Willem seine Antwort durch die permanent klappernden Zähne.

„Na, das wird schon wieder. Wir haben Ihnen vor dem Aufwachen eine Kapsel in die Blutbahn geschossen. Ihr Prostatakrebs dürfte bereits vollständig beseitigt sein. Das war ´ne wirklich gute Entscheidung damals, sich einfrieren zu lassen, bis eine verlässliche Therapie gefunden sein würde. Sie hätten sonst noch drei bis vier Monate gelebt, um dann qualvoll zu sterben. Willkommen im 23. Jahrhundert, das Sie bald genießen können, wenn die Aufbaumittel gewirkt haben."

Willems Blick signalisierte, dass er die Umstände seines glücklichen Wiedererwachens noch nicht ganz realisiert hatte, und so hakte er nach: „Und ich bin wirklich geheilt?"

„Ja, das sind sie. Ein völlig neues Leben steht ihnen offen. Eine Wohnung und sämtliche Ausweise wurden inzwischen besorgt. Sie dürfen sogar arbeiten – wenn Sie es wollen, weil es sonst zu langweilig werden könnte. Der Job als Wächter im *Museum des 21. Jahrhunderts* dürfte Ihnen passen, und die hinreichende Kompetenz dafür dürften Sie besitzen." Der Arzt zwinkerte ihm verschwörerisch zu, dann trippelte er davon. Und Willem begann erstmals, sich auf die Situation einzustellen, indem er sich fragte, was ihn da draußen wohl erwarten würde.

Drei Tage später – das quälende Frösteln war vollständig verschwunden – saß er entspannt in einem dieser Robotertaxis und ließ sich von der Klinik in seine neue Wohnung kutschieren. Es gab immer noch Straßen, Häuser und Kreuzungen, an denen sich anders als früher die Fahrzeuge ohne Ampelsteuerung und wie von selbst Vorfahrt gewährten. Ihm klappte regelrecht der Unterkiefer herunter, als er an einer Straßenecke ein Paar beobachten konnte, das völlig ungeniert in der Öffentlichkeit kopulierte. Zwischendurch passierte er einen Laden, dessen Leuchtreklame für „McFuck – für die schnelle Nummer zwischendurch" warb. Die Fensterfront des Ladens war mit monströs großen und fleischfarbenen weiblichen und männlichen Geschlechtsorganen bemalt. Kaum hatte er den Laden aus dem Blick verloren, als er auf einer Parkbank zwei Handwerker beobachten konnte, die offenbar ihre Pause auf einer Parkbank verbrachten, indem sie sich mit heruntergelassenen Latzhosen gegenseitig ihr bestes Stück massierten. Was war denn hier los, mitten in der Stadt und am helllichten Tag in aller Öffentlichkeit? Auf der Hauptstraße, die er nun passierte, reihten sich Laden an Laden mit Reklameschildern, die zum Geschlechtsverkehr in allen Variationen und in unbegrenzter Gruppengröße einluden. Willem grinste in sich hinein und sagte leise zu sich selbst: „Gar nicht schlecht hier! Das kann ja noch ganz heiter werden", während sich in seiner Lendengegend etwas regte, was über zweihundertfünfunddreißig Jahre lang reglos geblieben war.

Endlich an seiner neuen Behausung angekommen, betrat er in gespannter Erwartung das Haus und arbeitete sich über einen langen, hellen Flur zu seinem Appartment vor, dessen Nummer man ihm genannt hatte. Hinter einer Tür, an der er vorbei kam, musste sich den Geräuschen nach zu urteilen eine wilde Orgie abspielen. Ungeniert laute Lustschreie und Gestöhne bildeten eine Melodie, die von einem Rhythmus unterlegt war, der offenbar von Peitschenhieben erzeugt wurde. Langsam begann das alles, ihn zu nerven.

Er hoffte, hier wenigstens in Ruhe schlafen zu können, als er seine Wohnung betrat. Gespannt begann er sofort, sein neues Heim zu erforschen. Vom Flur zweigte ein großzügig ausgestattetes Wohnzimmer ab. Ebenso ein Schlafzimmer, das mit zahlreichen komisch aussehenden Geräten bestückt war, die manch wackerem Zeitgenossen des 21. Jahrhunderts wohl die Schamesröte ins Gesicht getrieben hätten. Der gut ausgestattete Hygienebereich – so wurde der Raum von einem Schild an der Tür angekündigt – machte einen guten Eindruck. Dann war da noch ein Zimmer mit Schreibtisch und 60-Zoll-Bildschirm samt Computeranlage, offenbar der Arbeitsbereich. Eine Küche und ein Esszimmer suchte Willem allerdings vergeblich. Nach genauerer Untersuchung der gesamten Wohnung konnte er dann hinter einer versteckten Schiebewand im Wohnzimmer etwas entdecken, das er schließlich als Essplatz deutete. Schummrig beleuchtet war der winzige Klapptisch, mit einem ebenso winzigen Klappstuhl davor. In die Wand eingelassen, vom Essplatz aus in Griffnähe, fand er eine schwarz lackierte Blechkiste mit einem Deckel, der eine nummerische Tastatur aufwies. Neugierig drückte Willem willkürlich eine dreistellige Zahlenkombination, und nach kurzem Summen hörte er ein Plumpsgeräusch. Er öffnete den Deckel und erblickte ein lieblos zusammengeklapptes Sandwich, das lediglich aus wattigem Brot und einer darauf geschmierten gelblichen Paste bestand.

Entschlossen und mutig biss er hinein, hatte allerdings nach nur zwei Kaubewegungen das Bedürfnis, sowohl das Angekaute als auch den Sandwichrest in die Klosettschüssel zu befördern. Danach probierte er noch mehrere andere Zahlenkombinationen, doch jedes Mal wurde ihm ein neues Ekelsandwich zugeteilt, die sich jeweils nur durch die Farbe der Paste unterschieden.

Widerwillig kopfschüttelnd setzte sich Willem ins Wohnzimmer und dachte nach. Im Krankenhaus hatte er keine Mahlzeiten erhalten, lediglich diese Pillen hatte man ihm, verschämt und mit Andeutungen, ans Bett gestellt. Er hatte selbst herausfinden müssen, dass sie nach nichts schmeckten, aber immerhin das Hungergefühl stillten. Eine Gebrauchs-anweisung für die Pillen hatte er nicht bekommen. Das Personal hatte es strikt vermieden, mit ihm über Essen zu sprechen.

In seinen Gedanken formte sich ein überbordender Teller mit gebratenem Fleisch und Gemüse. Die Lust auf ein richtiges Essen, das er nun seit fast zweieinhalb Jahrhunderten hatte entbehren müssen, loderte in ihm hoch und wurde übermächtig. Entschlossen rief er sich eines dieser Roboter-taxis und teilte der Maschine nach dem Einsteigen mit, etwas Ordentliches essen zu wollen. Der Roboter, offenbar auf Plaudern programmiert, antwortete in einem verschwörerischen Ton: „Ich habe da ein paar gute Adressen, aber das kostet Sie schon einiges. Was wollen Sie denn an-legen, Sie alter Lustmolch?"

„Geld spielt keine Rolle", antwortete Willem mit knurrendem Magen. „Ich will nur endlich mal richtig was zwischen die Zähne bekommen."

„Okay", sagte der Taxiautomat und beschleunigte mit einem Affenzahn. Nach einer wilden Fahrt, die in eine recht heruntergekommene Gegend führte, hielt das Taxi schließlich mit quietschenden Bremsen vor einem Rolltor, das zu einer offensichtlich stillgelegten Lagerhalle gehörte. Deren Außenwände schienen nur noch von den Resten der abgeblätterten Farbe zusammengehalten zu werden. Neben dem Rolltor war eine verrottete Stahltür in die Wand eingebaut. Der Taxiroboter kassierte, zeigte mit seinem Laserfinger auf die Tür und verschwand dann diskret.

Willem, dem das nun alles seltsam bis unheimlich vorkam, klopfte zaghaft an die Stahltür. Durch den eingelassenen Spion sah er Licht, das kurz unterbrochen wurde, als jemand von innen seinen Schädel davorhielt. Nach einer Zeit gespannter Erwartung bemerkte Willem dann, dass die Tür geöffnet wurde. Er trat ein. Ein längst vergessener Duft von frisch gebratenen Frikadellen und Rosenkohl stieg ihm in die Nase. Ein massiger Typ mit Stiernacken und Schweinenase sah ihn noch eine Weile abschätzend an und machte dann endlich eine einladende Handbewegung. Durch einen mehrfach abknickenden Gang gelangten sie in einen hallenartigen, grau gestrichenen Vorraum, von dem im Abstand von jeweils zweieinhalb Metern so an die zwanzig Türen abgingen. Schweinenase öffnete ihm eine dieser Türen, ließ den Gast eintreten und warf die Tür scheppernd ins Schloss.

Ganz allein stand Willem nun vor einem höchstens einen Meter breiten Tisch, auf dem eine kostbar aussehende Brokatdecke lag. Darüber hing ein Kristalllüster mit zahlreichen Kerzen, der den Tisch in mildes Licht tauchte. Die Wände hatte man sämtlich mit Motiven bemalt, wie sie schon im alten Rom beliebt gewesen waren. Es waren Szenen von Tafelorgien, in denen hemmungslos gefressen und gesoffen wurde – an Tischen, die vor exotischen Leckereien und Weinpokalen zusammenzubrechen schienen.

Eine junge, ziemlich verhärmt aussehende Frau betrat das Separee und verlangte nun eine Menge Geld, verbunden mit dem Hinweis, Kreditkarten seien unakzeptabel. „Ohne Vorkasse geht hier gar nichts", schob sie noch schnoddrig und entschieden auf Willems fragenden Blick nach. Er zahlte seufzend und wartete darauf, endlich befriedigt zu werden. Nach einer endlos scheinenden Wartezeit – Willem fragte sich schon, ob er hier nicht gerade heftig beschissen wurde – kam die verhärmte Frau zurück. Mit aller Verachtung, zu der sie fähig zu sein schien, knallte sie ihm einen angeschlagenen Teller hin, auf dem eine angekohlte Frikadelle, zwei Salzkartöffelchen und fünf Köpfchen Rosenkohl zu etwas arrangiert worden war, was hier wohl als erstklassige Mahlzeit verkauft wurde. „So, hier, dann genießen Sie mal, Sie alter Lüstling", zischte sie dabei. Dann knallte sie noch ein schmieriges Glas mit einer klebrigen, blubbernden braunen Flüssigkeit daneben und verließ fluchtartig den Raum. Weder ein Dankeschön noch ein Trinkgeld schien sie zu erwarten: Offenbar trieb sie nur der Wunsch, mit diesem Perversen nicht länger dieselbe Luft atmen zu müssen.

Bedächtig begann Willem, sich dem vorgesetzten Mahl zu widmen. So besonders war das da nicht, aber der Appetit kommt ja bekanntlich beim Essen. Als er den letzten Rest mit der nicht ganz rostfreien Gabel in den Mund geschoben hatte, entschloss er sich trotz des deprimierenden Ambientes, demnächst wiederzukommen. Es musste ja niemand seiner neuen Zeitgenossen wissen, welche abartigen Gelüste ihn trieben. Und der Taxiroboter, so hoffte er, würde diskret schweigen.

Nach dem Essen wischte er sich rustikal mit dem Ärmel die Lippen ab, lehnte sich eine Weile zurück, seufzte und dachte an die Zeit, als er jederzeit und überall auf Essen hatte zugreifen können. Wenn er dort auch dem Tod entflohen war, hatte er damit doch ein Paradies verloren. Aber hier in diesem versteckten Fresspuff war das, was er bekommen konnte, immerhin besser als nur Pillen und Plastiksandwich. Er würde es auf längere Zeit ertragen müssen.

Aus dem Nachbarseparee vernahm er ein ungeniert lautes, von Herzen kommendes Rülpsen.

Die unsichtbare Linie

Das Tor zur Hölle ist weit geöffnet. Zunächst ist er forsch darauf zu-
geschritten, doch nun, mit abnehmender Distanz, wird er immer zöger-
licher. Sein Blick ist starr auf den Bodenbereich zwischen den Pfosten
gerichtet – nicht auf das eigentliche Tor, über dessen Gestaltung fast alle
die gleiche Meinung hatten, die es je zu durchschreiten hatten: Für sie war
es ein Albtraum fantasieloser deutscher Schmiedekunst der 1960er Jahre.
Doch schon lange hat er die Existenz dieses Tores nicht mehr bewusst
wahrgenommen. Sein eigentliches Ziel, den verglasten Eingang zu dem
dreistöckigen Waschbetonkasten am anderen Ende des Schulhofes, kann
er noch nicht ins Auge fassen.

Es ist, als gäbe es zwischen den Pfosten eine unsichtbare Linie, die ihn
davon abhielte, einfach hindurchzugehen. Mit einem abschließenden
Schritt – wie bei einem in Zeitlupe festgehaltenen, zunehmend langsamer
werdenden Bewegungsablauf, der abschließend gänzlich einfriert – bleibt
er direkt vor einer imaginären Linie zwischen den Torpfosten stehen. Er
schließt die Augen, um sie nach einem tiefen Atemzug bedächtig wieder
zu öffnen. Seine zuvor geballten Fäuste lösen sich, synchron mit der Bewegung seiner Augenlider. Ein Kampf, der in seinem Inneren toben muss
und seinen Körper reagieren lässt, ist nun hier zu entscheiden, an diesem
Ort. Das Beben in seinem jugendlichen Körper verebbt allmählich. Mit
einer sanften Bewegung streift er den Schulterriemen seines voluminösen,
schwarzen Rucksacks ab, der mit einem metallischen Klicken den Asphalt
berührt und leicht zur Seite kippt. Äußerlich ruhig und locker steht er vor
dem Tor. Er ist feierlich gekleidet – dem Anlass gemäß. Sein Körper ist in
schwarzes Tuch gehüllt. Unbedeckt ist nur sein gräulich-blasses Gesicht
mit den eingegrabenen Zornesfalten. Den einzigen Farbkontrast zur
Trauerkleidung bilden seine sattgrüne Augen.

Es heißt ja, das gesamte bisherige Leben laufe im Zeitraffer noch einmal
vor einem ab, wenn man an der Schwelle zum Tod stehe. Das mag nach

seinem Plan in gut fünfzehn Minuten so weit sein. Doch an dieser Linie, hier zwischen den Torpfosten, nimmt er schon einmal das für ihn Entscheidende vorweg, ohne dass es wirklich in all seine beteiligten Hirnareale dringt.

Nun sieht er sie vor sich. Schüler – das Wort Mitschüler hat er längst aus seinem aktiven Wortschatz verbannt – und Lehrer. Dieses Pack. Jüngere und ältere, all diese Typen, die auf seiner Liste stehen. Unnütze und feige sind sie allesamt, weil sie sich erdreisteten, gegen ihn zusammengerottet vorzugehen. Weshalb, hat er nie verstanden. Haben sie ihn aus purem Hass zum Opfer werden lassen oder nur aus schierer Angst, selbst zum Opfer zu werden? Sie schikanierten und demütigten ihn. Ließen ihn seelisch und körperlich leiden. Seine persönliche Hölle haben sie ihm damit bereitet. Eine Hölle, aus der es für ihn lange Zeit kein Entrinnen zu geben schien, bis er endlich seinen persönlichen Ausweg erkannte und ihn generalstabsmäßig plante.

Die Erinnerungen an das Erlittene peitschen seine Seele. Er sieht sich kauernd neben der Kloschüssel, die Arme schützend vor dem Gesicht verschränkt. Er riecht den Kloakengestank. Er erlebt seine Wehrlosigkeit, auch noch die Tritte in seinen Unterleib abzufangen, während ihm ein Witzbold die schmierige Klobürste zwischen Hemdkragen und Nacken schiebt. Er schmeckt sein eigenes Blut, das aus der Nase auf die Lippen rinnt. Er hört das hysterische Gekreische der Zuschauer – Schülerinnen aus seiner Klasse, die sich für diesen besonderen Anblick sogar auf die Jungentoilette gewagt haben, um sich an seinem Anblick zu weiden. Er denkt an diese Mädchen, die sich mit vor Verzückung aufgerissenen Augen an seine Peiniger ranschmeißen, so wie sich Fliegen auf die Scheiße stürzen.

Er sieht diese Klassenlehrerin, deren Namen er nur noch mit hörbarem Ekel aussprechen kann. Er hört, wie sie in der Klasse süffisant über angebliche Geschehnisse auf der Jungentoilette schwadroniert, ohne auch nur den Anschein zu erwecken, dies für ein besorgniserregendes Vorkommnis zu halten. Ihr für ihn durchschaubares und lächerliches Angebot, in künftigen Konfliktsituationen einen Stuhlkreis zu bilden, wird von der Klasse mit höhnischem Gejohle begrüßt – und damit ist die Angelegenheit für sie erledigt. Sie geht dann einfach zur Tagesordnung über, als seien solche Handlungen das Normalste von der Welt. Und er denkt daran zurück, wie sie auch weitere, nicht zu übersehende Attacken gegen ihn sie mit gleicher Eleganz ausbremste. Für ihn verrichtet die ihren Job wie ein genervter Lagerist in irgendeinem Versandhandel. Einem, dem es einfach am Arsch vorbei geht, wenn ihm anvertraute Kisten dummerweise einen Stoß erhalten und der dann auch nicht nachsieht, ob ein Schaden entstanden ist. Weder meldet noch beseitigt der solche Schäden. Stattdessen ignoriert er einfach alles, was ihm zusätzliche Arbeit oder nervende Auseinandersetzungen bescheren könnte. Dumm nur, dass diese Frau, die sich für eine Pädagogin hält, nicht mit ersetzbaren Kisten, sondern mit verletzbaren Menschen umzugehen hat.

Wie können diese Typen ihre unmenschlichen Taten mit sich selbst und mit dem Geist dieses humanistischen Gymnasiums vereinbaren? Weshalb tun die das, so brutal, boshaft und erbarmungslos? Und warum hören die nicht wieder auf? Wer gibt ihnen das Recht dazu? Als Schüler, die vielfach selbst schon in solche Zwangslagen kamen, mussten die doch wissen, unter welchem Leidensdruck man geraten kann. Und dieses Lehrerpack. Die sind doch ständig auf der Suche nach Schülern, die sich anbieten, ausgesondert zu werden. Jede ihrer vermeintlichen Schwächen nutzen die, jedes Mittel ist denen recht, um potenzielle Opfer ausfindig zu machen und als Fußlappen zu benutzen. Alles nur, um die von ihnen verlangte Versagerquote nachweisen zu können, damit auch ja genügend junge Menschen durch die Roste fallen. Das ist Selektion der Jugend für einen Arbeitsmarkt, der nur noch einen Teil von ihnen versorgen kann. Ausgerechnet solche Typen gebärden sich obendrein als Philanthropen. Lehrerpack, das sind sie. Allesamt!

All diese Mobber sind verlogen, unbarmherzig und obendrein sadistisch. Ihre zahlreichen Opfer sind lebender oder gar toter Beweis dafür. Warum haben die gerade ihn aufs Korn genommen? Er weiß keine Antwort darauf. Er ist sich sicher, niemals irgendeinem Menschen ernsthaft Anlass für solch boshafte Attacken gegeben zu haben. Stets hat er sich angestrengt, nicht negativ aufzufallen – nur um denen keine Angriffsfläche zu bieten. Doch keine Abartigkeit lassen die aus, um ihn fertigzumachen. Im Verlauf der letzten zwei Jahre – einer unendlich langen Zeit, wenn man unter solchem Druck steht – haben sie sich stets noch in ihrem ungeheuerlichen Tun gesteigert.

Mittlerweile ist es ihm gleich, ob dem Ganzen ein Masterplan zugrunde liegt oder sich eine spontane, zufällige Entwicklung vollzogen hat. Entscheidend ist, dass die sich ausgerechnet ihn als Opfer ausgesucht hatten. Dies ist nun ihr entscheidender, tödlicher Fehler. Am Ende einer lange erlebten Ohnmacht hat er schließlich seine Entscheidung getroffen, mit einem Befreiungsschlag all dem ein Ende zu setzen. Entschlossen und von allen Zwängen befreit hat er seine Opferrolle abgelegt und ist zu ihrem Richter geworden. Er ist zu der Überzeugung gelangt, dass sie ihr Leben verwirkt haben. Und nun wird er ihr Scharfrichter sein.

Der Plan dazu ist in ihm entstanden und allmählich gewachsen, und wie eine reife Frucht ist er schließlich zu Boden gefallen. Nein, so etwas entscheidet man nicht von einem Tag zum anderen, sondern man erkennt langsam, dass es keine andere Lösung gibt, um einem solchen Albtraum zu entkommen. Kühl erinnert er sich, über die Konsequenz dieses Gedankens nicht einmal erschrocken gewesen zu sein, als er zum ersten Mal sein Hirn durchfloss. Da war die Idee mehr spielerisch in ihm aufgekommen und weitergedacht worden. Die Ernsthaftigkeit hatte anfangs gefehlt, bald aber das ganze Denken bestimmt. Seine Rachegedanken hatten im Kampf mit moralischen Bedenken letztlich die Oberhand gewonnen, Tagträume waren allmählich von Planspielen zu generalstabsmäßigen Planungen geworden. Irgendwann waren solche Gedankenspiele dann nur noch auf diesen einen, entscheidenden Punkt ausgerichtet. Sie waren für ihre Taten zu bestrafen. So wie sie es verdient hatten und wie er es für unabweisbar hielt.

Nun ist er stolz auf sich. Alle werden sie bald begreifen müssen, wozu er fähig ist. Bald nun wird er aufgenommen in die Reihen derjenigen, die sich als stark genug erwiesen, der Unmenschlichkeit in dieser Gesellschaft etwas entgegenzusetzen. Ein Fanal soll es werden. Ein unübersehbares Zeichen dafür, dass Leidensfähigkeit begrenzt ist und Täter immer damit rechnen müssen, dass ihre geschundenen Opfer irgendwann zum Gegenschlag ausholen. Für ihn haben Unterdrückte das natürliche Recht, sich mit den Mitteln zur Wehr zu setzen, die ihnen zur Verfügung stehen. Dass die Arroganz und die Interessen von Unterdrückern dagegen stehen, ist für ihn nachvollziehbar, aber letztlich unmoralisch. Er ist überzeugt, das Richtige zu tun.

Ein entsprechender Plan muss gut vorbereitet sein, wenn er denn gelingen soll. Da sind zunächst Auswahl und Beschaffung der Waffen. Mit Sorgfalt, handwerklichem Geschick und einer vorher ungeahnten Kreativität hat er sie für seinen besonderen Zweck hergerichtet und erprobt. In seinem Rucksack befinden sich ein selbst gebauter Flammenwerfer, mit dem er ihnen ein Höllenfeuer bereiten wird, eine gebastelte und erfolgreich erprobte Abschussvorrichtung für ein 9mm-Geschoss, eine durchschlagskräftige Sportschützenarmbrust und ein mit besonderer Sorgfalt scharf geschliffenes Toledoschwert. Lange hatte er üben müssen, um die nötige Sicherheit in der Handhabung dieser Waffen zu gewinnen. Über die Forderungen nach einer Verschärfung der Waffengesetze, wie sie stets nach solchen Vorfällen laut werden, hat er sich stets lustig gemacht. Denn er weiß, dass Menschen in seiner Lage immer Wege finden werden, sich für ihren persönlichen Befreiungsschlag angemessen auszurüsten. So wie er selbst.

Die Todesliste zu erstellen, alle Gewohnheiten seiner Feinde herauszufinden und zu bewerten, den Angriffplan zu entwerfen und abzustimmen,
die logistischen Probleme zu lösen, schließlich den Zeitpunkt festzulegen
– all das hat ihn seit mehr als einem Jahr beschäftigt. Er hat eine Zeit
hinter sich, in der er dennoch unentwegt und sogar verstärkt ihren
Attacken ausgesetzt gewesen ist. Er musste sich davor hüten, ihnen den
Plan zu verraten, ihnen ins Gesicht zu schreien, was sie erwartete. Das
war ihm gelungen. Auch in kritischen Situationen hatte er sich beherrschen können und sie nicht gewarnt. Sie wähnten sich in Sicherheit
vor diesem vermeintlich ängstlichen Pimpf, mit dem sie alles anstellen
konnten, der sich alles gefallen ließ und der sich niemals wehrte.

Und dennoch – mehrfach schon hat er sich selbst dabei ertappt, wie er mit
gespielter Unvorsichtigkeit sein Vorhaben durchblicken ließ. Vielleicht
hatte er das mit der vergeblichen Hoffnung verbunden, seine Peiniger
könnten es als Warnung verstehen und ihn endlich in Ruhe lassen. Allzu
gern hätte er sich von diesem Traum hinreißen lassen, seinen Plan nicht
realisieren müssen. Aber sie sind zu blind, um seine Zeichen deuten zu
können, und dazu ignorant. Entweder ignorant und egoistisch wie seine
Eltern oder aber ignorant und unerbittlich wie seine Peiniger. Ja, das ist
tatsächlich die Gemeinsamkeit all dieser Typen, die sein Leiden zu verantworten haben: Ignoranz. Deshalb können sie die Gefahr nicht erkennen, die sich vor ihnen aufbaut. So mobben sie sich weiterhin in das
Unheil hinein, das er ihnen bescheren wird. Auch seine Eltern werden
letztlich für ihre Unfähigkeit bezahlen, ihren Sohn beschützen zu können.
Wenn sie auch nicht sein direktes Angriffsziel sind, werden sie doch fortan mit dem Makel leben müssen, einen Massenmörder erzogen zu haben.
Und die Massenmedien werden sich mit ihnen beschäftigen, alle großen
und kleinen Geheimnisse ihres Lebens genüsslich den geifernden Lesern
präsentieren.

Nun ist es zu spät – für alle Beteiligten an diesem Drama. Die Zeit ist
gekommen. Für sie und für ihn. Ein letztes Mal dreht er die Lünette auf

seiner Armbanduhr. Zwölf Minuten. Das ist exakt die Zeit, die ihm nach seiner eigenen Planung zur Verfügung steht, um alles zu erledigen. Um *alle* zu erledigen! Zwölf Minuten werden ausreichen für den effektiven Einsatz sämtlicher Waffen in seinem schwarzen Rucksack. Er streift wieder den Riemen über seine Schulter, ohne die Last zu spüren. In zwölf Minuten wird er alle Typen auf seiner Liste in die Hölle befördert haben – und er selbst wird als Letzter dort eintreffen. Ein Wiedersehen der besonderen Art wird das werden, denkt er bitter.

Zuerst wird er das Büro dieses jämmerlichen Rektors stürmen und den Typen, der sich dort wie so häufig vor den Gefahren des Schulalltags verschanzt haben wird und der immer so tut, als sei er mit wichtiger Arbeit beschäftigt, mit der Armbrust erlegen. Möglichst geräuscharm wird dies geschehen, damit niemand gewarnt wird und die Strafaktion bis zum Schluss erfolgreich ablaufen kann. Dann wird er zum Klassenraum eilen, ihn mit bereits gezündetem Flammenwerfer stürmen und die Tür hinter sich mit einem Tisch verbarrikadieren, damit niemand entkommen kann. Sein Höllenfeuer wird sie alle treffen: all seine Peiniger und auch diejenigen, die sich an seinem Leiden ergötzt haben. Diesen dann brennenden und schreienden Fleischklumpen wird er mit seinem Schwert gnädig ein schnelleres Ende bereiten. Wenn fast alles getan ist, wird er sich die Schussvorrichtung in den Mund stecken und sich von diesem Dasein erlösen, von seiner persönlichen Hölle.

Er schultert den Rucksack und ordnet noch einmal seine schwarze, feierliche Kleidung. Abgeklärt, innerlich und äußerlich ruhig, mit entschlossenem Gang, so wie ein Jäger auf der Pirsch, der seinem Wild entgegentritt, setzt er sich wieder in Bewegung. Morgen wird er ein Held sein, jedenfalls nach seinem eigenen Maßstab. Die Medien hingegen werden hysterisch berichten und ihn den Teufel mit dem schwarzen Rucksack nennen.

Den Schuleingang nun fest im Auge, überschreitet er die unsichtbare Linie zwischen den Pfosten dieses albtraumhaften Tores – seiner persönlichen Hölle entgegen.

Wetterwendisch

Wer in dieser Gesellschaft leben muss und nicht gerade auf der Gewinnerseite steht – auf einen Gewinner kommen schätzungsweise neuneinhalb Verlierer – kann sich entweder über die Bedingungen aufregen und sich dagegen auflehnen oder aber sie hinnehmen, so wie man eben das Wetter hinnimmt. Nicht wenige meinen, es sei sowieso nicht in ihrer Macht, gesellschaftliche Verhältnisse zu verändern, und sie gehen dann mit diesen Bedingungen um wie mit dem Wetter. Als sei es die Natur oder irgendeine übernatürliche Macht, die dies alles so gestaltet. Als seien die Ungerechtigkeiten dieser Welt das Werk eines höheren Wesens und schon deshalb nicht zu bekämpfen, sondern allerhöchstens in ihren dramatischen Auswirkungen zu lindern.

Es ist aber kein Ergebnis irgendeines Plans, den ein höheres Wesen ersonnen hat, sondern plumpes, profanes Menschenwerk. Soziale Differenzierung, so wie wir sie erleben, ist nicht naturgegeben, sondern Ausdruck und Ergebnis von Machtstreben, Machtausübung und Machterhaltung um jeden Preis. Wenn wir allmonatlich die frisch erlogenen und nach unten korrigierten Arbeitslosenstatistiken übermittelt bekommen, können wir sie für uns registrieren und individuell bewerten. Aber das ist zu einem Ritual geworden, das seinen eigentlichen Sinn, nämlich eine Wasserstandsmeldung zum tatsächlichen Beschäftigungsgrad in unserer Gesellschaft abzugeben, längst eingebüßt hat. Hinter dem geschminkten Gesicht einer Ministerin, die dieses zu verkünden hat, verbirgt sich die hässliche Fratze eines kapitalistischen Systems, das einerseits seine selbst verschuldeten Widersprüche zu verbergen bemüht ist und andererseits mit der Drohung für alle agiert, ebenfalls auf die Verliererseite zu geraten, wenn man nicht mitspielt. Ein Millionenheer Arbeitsloser sowie am Rande des Existenzminimums lebender Malocher und die auf der Hartz-IV-Stufe Gelandeten zeugen davon. Solange der Großteil dieser Menschen diese Entwicklung als ein Naturereignis ansieht – und die jahrzehntelange Gehirnwäsche in den Medien fördert dies nach Kräften – so lange werden sie widerstandslos in ihrem vermeintlichen Schicksal verharren. Als individuelle Lösung aus diesem Dilemma wird zynischerweise der Lottogewinn offeriert.

Kapitalismus lebt von sozialer Differenzierung, ohne sie kann er nicht existieren. Er braucht die Angst vor dem sozialen Abstieg ebenso wie die geringe, meist trügerische Aussicht auf Erfolg. Er braucht das Aufhetzen der derjenigen, die um ihren erreichten Status fürchten. Das Aufhetzen durch die Besitzenden und ihre Lakaien richtet sich gegen die Habenichtse, aber nur in diese Richtung, als Einbahnstraße. Währenddessen produziert der Kapitalismus unablässig seine Widersprüche und führt sich selbst ad absurdum – ohne dass dies in gesellschaftlich relevanter Weise registriert wird. Und selbst wenn es registriert würde, gäbe es noch andere Möglichkeiten, sich zu behaupten. Werden irgendwann seine Widersprüche so groß, dass sie kaum noch jemand übersehen kann, und ist er dadurch existenziell gefährdet, werden im Kapitalismus einfach andere Saiten aufgezogen. Er ist janusköpfig. Stets versucht er, sich als naturgegebene, vernünftige, gerechte, freiheitliche Ordnung zu präsentieren. Verrutscht diese Maske, tritt das andere Gesicht dieser Gesellschaftsordnung zutage – und das ist eine Fratze. Faschismus ist nichts als die andere, die konsequente Form bürgerlicher Herrschaft. Und wenn nichts mehr geht, geht immer noch Faschismus, um die herrschenden Besitzverhältnisse zu retten. Wir haben es über ein Jahrhundert in Europa erlebt, in Spanien, Portugal, Griechenland, Italien, und besonders in Deutschland. Wir haben es auch in Südamerika und in all jenen Ländern außerhalb Europas erlebt, in denen die kapitalistische Herrschaft zu kippen drohte. In all diesen Ländern hatte das Besitzbürgertum die Errichtung faschistischer Systeme zu verantworten.

Das Wetter muss man hinnehmen. Es ist töricht, sich gegen Naturgewalten aufzulehnen. Aber gegen gesellschaftliche Bedingungen kann und muss man sich wehren, bevor sie wieder einmal in einem vernichtenden Orkan für jene enden, denen Hütten statt Paläste zugemutet oder zugewiesen wurden.

Der Amtsstubenhengst

Schon am Dienstagmorgen um 7 Uhr konnte ich ihn beobachten. Durch das geöffnete Fenster des Rathauses sah ich, wie er vor seinem Monitor saß und mit starrem Blick die Informationen aufnahm, die ihm da geboten wurden.

Ist er jemand, der sich seinen Tag einteilen kann, der feste Vorstellungen über den Ablauf des heutigen Tages ins Büro mitbringt? Der zwischen dem gestrigen Feierabend und dem heutigen Arbeitsbeginn eine zündende Idee hatte, die er nun gedanklich ausbaut und zur Umsetzung bringen will? Ist er jemand, der anderen die Arbeit vorgibt und einteilt, ist er privilegiert, dies für sich selbst zu tun? Quält es ihn, sich täglich erneut in diese muffige Amtsstube begeben zu müssen, um eine fremdbestimmte Arbeit auszuführen, oder fiebert er dem Arbeitsbeginn entgegen in der Erwartung und Gewissheit, heute wieder etwas bewegen zu können, das ihn abends zufrieden nach Hause gehen lässt? Ist er Hammer oder Amboss?

Ich weiß, wovon ich rede. Unterschiedlichste Arbeitssituationen habe ich erlebt. Als Schiffsjunge der Unterste in einer Hierarchie von dreißig harten Seeleuten, als Fabrikarbeiter Teil einer Maschine, die pro Schicht 3250 Auspuffkrümmer ausspuckte, als Betonmischerfahrer nicht selten 14 Stunden auf Achse mit dem vom Chef vorgegebenen Zwang, nach neun Stunden diskret eine neue Tachoscheibe einzulegen. Dann, zum ersten Mal, das Erlebnis, selbstständig ein Möbelstück zu entwerfen und zu bauen und anschließend die Freude des Auftraggebers zu erleben, den meine Arbeit positiv überrascht hatte. Später, im Jugendzentrum, die trotz aller Rückschläge und Frustrationen immer wieder erlebten kleinen Erfolge, wenn meine nun weitgehend selbstbestimmte Arbeit sich im Verhalten Jugendlicher niederschlug, ich ihnen Erfolgserlebnisse und ein bisschen Würde vermitteln konnte. Dann, als Jugendgerichtshelfer, die trotz aller erfahrenen Ungeheuerlichkeiten immer wieder erlebte, unbeholfen von Probanden geäußerte Dankbarkeit, die sie mir entgegen brachten, nachdem ich ihnen vor Gericht geholfen hatte, Probleme zu schildern und mit ihnen Lösungsmöglichkeiten zu finden. Dies entschädigte für vieles. Dann in der Zeit im Ferienlager Otterndorf, wo ich weitgehend selbstbestimmt und dank meiner Erfahrungen und Kenntnisse daran gehen konnte, einem heruntergekommenen Laden wieder zu Glanz und Akzeptanz zu verhelfen und wo ich meine organisatorischen Fähigkeiten ungehindert entfalten konnte.

Nun sitze ich seit drei Jahren auf einer Stabsstelle im Jugendamt und bin vermutlich in ähnlicher Situation wie dieser Schreibstubenhengst im Rathaus, den ich gerade beobachte. Zwar kann ich weiterhin selbstbestimmt arbeiten, aber es würde auch niemand merken oder stören, wenn ich gar nichts täte. Nicht wenig von dem, was ich produziere, landet im Papierkorb. Häufig muss ich mich auseinandersetzen mit der gesamten Typenpalette, die so ein Amt beherrscht: vom gebremsten Genie bis zum genialen Bremser. Aber man wird bescheiden mit der Zeit. Noch immer geschieht es zuweilen, dass ich nachts mit einer guten Idee aufwache und dem Arbeitsbeginn entgegenfiebere, um sie am Schreibtisch weiter zu entwickeln. Und es schockt mich nicht mehr, wenn die herrschende Amtsmentalität meinen Höhenflug stoppt und mich auf den Boden zurückholt. Ämter sind eben Garanten für das Mittelmaß, für die Schwerfälligkeit, für das Vertuschen peinlicher und eklatanter Fehler.

Meine Nische habe ich gefunden, um dies alles auszuhalten. Auch wenn es mir immer noch nicht gelingen will, mir jene spezielle Amtspraxis zueigen zu machen, sich morgens an den Schreibtisch zu setzen und mit dem Denken anzufangen. Ich denke, wenn ich wach bin, und manchmal holt mich ein Gedanke aus dem Schlaf, den ich dann weiter verfolgen muss.

Noch knapp zwei Jahre, und dann ist dieser Spuk vorbei. Dann kann ich all meine Ideen wieder umsetzen, wie sie mir in den Kopf kommen. Meinen Eigensinn werden sie bis dahin nicht brechen können.

Ob es diesem Menschen da im Rathaus vor seinem Monitor ähnlich geht?

Ein knapper Meter Schande

Ahnungslos und ganz entspannt in der Erwartung, was der Zufall mir bescheren möge, schaue ich in das recht übersichtliche Buchregal. Da trifft
es mich – verzeiht bitte dieses Klischee, aber diesmal passt es genau – wie
ein Blitz. Der Teil meines Hirns, in dem die lang zurückliegenden Erinnerungen ohne echte Hoffnung auf Reaktivierung vor sich hindösen,
sprüht plötzlich Funken. Hätte ich ein mit konventionellen Kupferkabeln
verdrahtetes Gehirn, hätte es nun sicherlich einen Kabelbrand zu überstehen.

*

Ich bin wieder im Frühjahr 1968. Es ist Frühschicht. Seit fünf Stunden,
lediglich im zweistündigen Abstand unterbrochen von den gewerkschaft-
lich ausgehandelten Pinkelpausen, schweiße ich am Rundtisch Auspuffkrümmer. Da kommt dieser Kerl von der Gewerkschaft herangeschlurft –
er will Vertrauensmann genannt werden, obwohl er mein Vertrauen bisher
noch nicht erwerben konnte – und sagt: „Kollege, du sollst zum Betriebs-
ratsbüro kommen." Ein Springer löst mich ab, ich bekomme dieses Fahrrad, das stets an der Meisterbude geparkt ist, und fahre über einen Kilometer durch eine Riesenhalle an mein Ziel. Unterwegs plagt mich die
Angst, wegen irgendeines möglichen Fehlers auf meine Entlassung vorbereitet werden zu sollen. Dies stellt sich dann gottlob als unbegründet
heraus.

Ich betrete ehrfurchtsvoll die heiligen Betriebsratshallen. Der Kerl vom
Betriebsrat schlägt mir jovial auf die Schulter und grölt: „Kollege, du hast
gewonnen." „Aha, was denn?", frage ich schüchtern. Er kramt kurz hinter
seinem Tresen und drückt mir dann mit Beifall heischendem Blick ein
Buch in die Hand. „Das hier", sagt er. Artig spreche ich meinem Wohl-
täter den verdienten Dank aus, greife das Buch und will zurück an meinen
Rundtisch, der mir vertrauenswürdiger erscheint als dieses Betriebsrats-

büro. „Du musst nur noch kurz hier unterschreiben, dann war´s das schon", sagt er und schiebt mir hastig ein Eintrittsformular für die „Büchergilde" über den Tresen. Kann ja nicht schaden, denke ich. Lesen soll ja bilden, und darin habe ich einiges nachzuholen. Also unterschreibe ich, klemme mir mein zukunftsweisendes Geschenk sowie die Formulardurchschrift unter den Arm und schwinge mich wieder aufs Fahrrad.

Nach Schichtende sitze ich im Bus und erinnere mich an dieses Formular. Nun habe ich endlich Zeit, zu lesen, auf was ich mich da eigentlich eingelassen habe. Im Kleingedruckten auf der Rückseite erfahre ich, dass alle drei Monate ein Buch zu beziehen ist, andernfalls bekommt man ein sogenanntes Quartalsbuch aufgedrückt. Das sind ja dieselben Bedingungen wie bei diesem Beutelschneider-Verlag, mit dem sich ein Bekannter jahrelang streiten musste, denke ich. Zuhause lege ich Buch und Formular erst einmal weg und vergesse das Ganze – derzeit habe ich ganz andere Sorgen.

Erinnert werde ich, als mir der Postbote irgendwann das Quartalsbuch bringt. Es trägt den Titel *Angelique* und vermittelt laut Klappentext „Geschichte – gespiegelt im Schicksal einer großartigen Frauengestalt". Bereits nach fünf Seiten habe ich die Schnauze voll von dieser besonderen, künstlerisch verbrämten Art der Geschichtsvermittlung. Ein Klischee reiht sich an das nächste. Das Werk landet ganz weit hinten in einer großen, dunklen Schublade. Wochen später erhalte ich dann eine Mahnung wegen der noch ausstehenden Zahlung des Quartalsbuches.

Diese beiden Vorgänge – Postbote bringt das Quartalsbuch, vier Wochen später die Mahnung – wiederholt sich mit quälender Regelmäßigkeit. Irgendwann bin ich Besitzer einer Buchreihe, deren jeder einzelne Titel am Fließband produziert zu sein scheinen: *Angelique und die Liebe; Angelique und die Versuchung; Angelique und Joffrey; Angelique und die Dämonin.* Schon wegen der Befürchtung, eines Tages zur Abnahme eines Bandes *Angelique und der Weihnachtsmann* genötigt zu werden, raffe ich mich endlich auf und kündige. Zum Abschied aus unserer Geschäftsbeziehung – inzwischen habe ich tatsächlich einiges über Geschichte gelernt, z. B. dass sie für vieles missbraucht werden kann – drücken sie mir noch den Band *Angelique und die Verschwörung* auf, dann habe ich endlich Ruhe.

Erst später begreife ich, in welch hirnrissiger Weise ein gewerkschaftsnaher Buchhandel seinen Bildungsauftrag für die Mitglieder interpretiert. Anstatt politische Bildung zu betreiben und die Leser zur gesellschaftlichen Teilhabe zu befähigen, betreibt man systematische Verdummung. Irgendwann bin ich dann auch in der Lage zu erkennen, dass diese Strategie bei der praktizierten Stimmviehhaltung der Gewerkschaften eigentlich nur konsequent ist.

*

Nun stehe ich hier vor diesem dürftig ausgestatteten Buchregal und bekomme vor Staunen das Maul nicht wieder zu. Wenn es denn so etwas wie Schicksal gibt, dann offenbart es sich mir gerade. Genau dieses letzte Buch, mit dem sich der gewerkschaftsnahe Volksverdummungsladen für mich demaskiert hat, halte ich in der Hand. Genau zu dem Zeitpunkt, zu dem ich einen Schreibimpuls suche, um mal wieder richtig Dampf ablassen zu können.

Übrigens: Das Lesen haben die mir mit ihren Methoden dennoch nicht austreiben können. Zuhause haben wir mittlerweile an die sieben Meter Bücher, vom Boden bis zur Decke, und die meisten davon wurden auch gelesen. Eines habe ich mir vorgenommen für den Fall, dass mal so ein nassforscher Gewerkschaftsfuzzi zu Gast kommt: Dann werde ich ihm die Ecke der gewerkschaftlichen Schande zeigen. Die *Angelique*-Reihe nimmt, demonstrativ ganz rechts unten in die Ecke gepackt, einen knappen Meter ein.

Eine Pioniertat der Humanmedizin

Der Konferenzsaal in der Charité war gut ausgeleuchtet und angenehm beheizt. Für die verordnete Verdunklung war gesorgt, und die strenge Kontingentierung der Brennstoffe schien hier nicht beachtet werden zu müssen. Der Raum mit seinen in Ringform aufgestellten Tischen bot Platz für schätzungsweise fünfzig Leute. In dieser kalten Nacht nutzten ihn lediglich acht Personen, aber die schienen mit ihrer Präsenz den Saal dennoch auszufüllen.

Der Direktor der Chirurgischen Klinik in der Charité, Professor Sauerbruch höchstpersönlich, dazu ein Lagerarzt in SS-Uniform, der extra den Weg aus dem fernen Auschwitz auf sich genommen hatte, sowie der Präsident der Reichsärztekammer lauschten aufmerksam dem Vortrag eines gewissen Dr. Preissler. Der war den hier versammelten Koryphäen der Medizin des Dritten Reiches bisher unbekannt – er schien nur ein kleines Licht an einem kleinen Krankenhaus in der ostpreußischen Provinz zu sein. Doch nun schickte der sich an, Medizingeschichte zu schreiben. Mit einem Stück Kreide in der Hand stand er vor einer mannshohen grünen Tafel und wies mit dem Zeigefinger auf eine bereits vorgefertigte Skizze, die ein menschliches Organ darstellen sollte. Mit ergänzenden Worten und Richtungspfeilen, die er mit quietschender Kreide in die Skizze einfügte, erläuterte er den Blutfluss und die Anschlussfolge der Blutgefäße, wie sie bei der bevorstehenden Operation zu beachten sei. Zwei Assistenzärzte standen abseits und folgten mit ehrfurchtsvoller Miene sowohl den Ausführungen des Vortragenden als auch den Nachfragen der anwesenden Ärzteelite. Offensichtlich erhofften sie sich durch ihre Assistenz bei diesem Vorhaben eine gehörige Aufpolierung ihres Namens. Zwei verdiente OP-Schwestern, Schlachtrösser der Medizin und in Hunderten von blutigen Kämpfen am OP-Tisch bewährt, sollten ebenfalls bei diesem bahnbrechenden Vorhaben zum Einsatz kommen und deshalb dem Vortrag lauschen. Die Erkenntnis, in der

Runde nicht für voll genommen zu werden und lediglich die Staffage zu bilden, spiegelte sich in ihren Gesichtern.

Nach Klärung der offenen Fragen genehmigten sich die drei Medizinbonzen und Dr. Preissler im Vorgriff auf den angestrebten Triumph einen guten französischen Beute-Cognac, auf den nur hochverdiente Parteigenossen Zugriff hatten. Die anderen Anwesenden schauten während des Zuprostens etwas verlegen zur Seite. Noch vor dem ersten Schluck platzte ein sich lakaienhaft gebärdender älterer Mann mit einer umgebundenen blutverschmierten Gummischürze herein und meldete: „Die Leber ist vorbereitet."

Diese Botschaft löste lebhafte Aktivität aus. Was soeben noch wie eine kleine Betriebsfeier ausgesehen hatte, wandelte sich nun abrupt. Ohne anzutrinken, stellten die verhinderten Genießer ihre Cognacschwenker auf den Tisch, und Dr. Preissler sagte feierlich mit Blick auf die große Wanduhr: „Nun, meine Herren, scheint der große Moment gekommen zu sein. Ich schlage vor, wir treffen uns in exakt dreißig Minuten im OP Nr. 3." Sein Vorschlag wurde stumm mit zackigem Nicken akzeptiert, und alle strebten nun hinaus, um sich vorzubereiten.

Die Lampen leuchteten den Arbeitsbereich am OP-Tisch gründlich aus. „Die Leber" lag noch wohlgeborgen im hageren Körper eines etwa dreißig Jahre alten Mannes, der ängstlich und verzweifelt um sich blickte und gerade so zappelte, wie es die Gurte noch zuließen, mit denen er festgeschnallt war. Weiße Tücher bedeckten seinen Leib, lediglich ein größerer quadratischer Ausschnitt erlaubte den Anwesenden einen Blick auf seinen rechtsseitigen Oberbauch. Einer der Assistenzärzte bereitete gerade die Äther-Maske vor, als der Lagerarzt insistierte: „Wollen Sie tatsächlich Narkose anwenden, Herr Kollege? Das Mittel wird doch in den Lazaretten an unseren Fronten viel notwendiger gebraucht. Wir in Auschwitz schneiden seit Jahren ohne solche Sentimentalitäten."

Dr. Preissler musste sich nun einschalten, doch er brauchte zuerst einen tiefen, schweren Atemzug, ehe er zu einer Erklärung fähig war: „Wir schneiden hier nichts heraus, nur um es anschließend in Formalin zu legen und in Gläsern zur Schau zu stellen, Herr Kollege. Diese Leber wird aus Staatsraison dringend gebraucht, und zwar im Stück und unverletzt. Wenn der Kerl da sich wegen der Schmerzen in den Gurten windet, kann ich aber für nichts garantieren." Und mit einem befehlenden Blick auf den Assistenzarzt beendete er die Diskussion, indem er laut und entschieden knurrte: „Also los! Narkose!"

Der Lagerarzt fügte sich still, obwohl man ihm ansehen konnte, wie sehr er sich missachtet fühlte, gerade vor dem Hintergrund seines persönlichen Engagements; denn alle Anwesenden wussten, dass er es gewesen war, der die benötigte Leber mitsamt ihrer noch lebenden Verpackung in seinem persönlichen Gepäck aus Auschwitz mitgebracht hatte. Die Äther-Maske tat ihren gnädigen Dienst, und der Mann auf dem Tisch sog den Äther tief in sich hinein – wohl in der Hoffnung auf einen schnellen, schmerzlosen Tod.

Mit der Operation, oder besser gesagt mit ihrem ersten Teil, wurde nun begonnen. Gute zwei Stunden dauerte es, bis Dr. Preissler die Leber mit sicherer Hand herausgeschnitten hatte und sie in die vorbereitete Schale mit der klaren Lösung gleiten ließ. „So, dies war der leichtere Teil der Arbeit", sagte er versonnen und blickte anschließend zuversichtlich auf seine hohe Kollegenschaft, die sich aufs Zuschauen beschränkt hatte. „Wir sollten zügig weitermachen. Im OP Nr. 4 liegt unser hochwichtiger Patient", teilte er kurz mit und begab sich dann in den Nachbarraum.

Der „hochwichtige" Patient befand sich bereits unter Narkose. Über seine Marotte, zu jeder Gelegenheit die passende Kleidung zu tragen, machte sich die Volksgemeinschaft schon seit Jahren lustig, wenn auch nur hinter vorgehaltener Hand. Und auch heute wurde er seinem Ruf gerecht: Auf seiner weißen, ballonförmigen Kopfhaube prangte, aus goldfarbigem Faden kunstvoll gestickt, der Schriftzug „Reichsmarschall". Wie zur Bestätigung dieses Hinweises lugte aus dem Rechteck in dem weißen Laken, das ansonsten den gesamten voluminösen Leib bedeckte, quittegelbe, sich über dem quellenden Körperfett spannende Haut hervor, und das feiste, für urgermanisch erklärte Gesicht wies die gleiche Färbung auf. Wenn auch die Äther-Halbmaske seine Pausbacken gnädig zu verbergen vermochte, lugte doch ein gewaltiges Stück des Doppelkinns unter ihr hervor.

Dr. Preissler begann, sich mit dem Skalpell vorsichtig durch die gewaltigen Fettschichten des Oberbauchs vorzuarbeiten. Es dauerte eine gehörige Zeitspanne, die allen Anwesenden reichlich Geduld abforderte, bis endlich die grotesk vergrößerte und teilweise zersetzte Leber freilag. „Höchste Zeit“, sagte er halblaut, „das gute Leben und die Drogen haben ganze Arbeit geleistet.“ Die Herren Mediziner nickten, wobei sich ihr Einvernehmen wohl weniger auf die Zustandsbeschreibung als vielmehr darauf zu beziehen schien, dass einer solch hochgestellten Persönlichkeit ein Leben in Völlerei und ergänzendem Drogengebrauch doch wohl von Herzen zu gönnen sei.

Die erste Lebertransplantation in der Geschichte der Humanmedizin dauerte weitere fünfeinhalb Stunden, und sie gelang in dieser Nacht zur vollen Zufriedenheit des Operateurs. Selbstgefällig nahm Dr. Preissler daher anschließend die üblichen Anerkennungs- und Glückwunschrituale der weiteren Anwesenden entgegen. Sämtliche Anspannung fiel nun von ihm ab. Endlich, nach mehr als zehn Jahren, sah er sich an seinem beruflichen Ziel angekommen. Er stand am Ende eines von Versuch und Irrtum gekennzeichneten Weges, der ihm nun trotz aller erfahrenen Widerstände und Hindernisse den größten Erfolg seines Lebens beschert hatte. Von Anfang an hatte er sich mit den notwendigen Schritten während der anspruchsvollen Operation und dem Problem der Organabstoßung nach der Transplantation auseinandergesetzt. Zahlreiche Tierversuche und Probeoperationen an lebenden Körpern, die ihm aus dem benachbarten KZ-Außenlager geliefert worden waren, hatten ihn sicher werden lassen – sicher in der Handhabung der Spezialinstrumente und sicher in dem

Glauben, es schaffen zu können. Und diese lange Zeit der Vorbereitung schien sich nun auszuzahlen.

Unerlässlich dazu war es aber, dass sein Patient überlebte. Doch gerade hier in der Charité gab es die allerbesten Voraussetzungen dafür, und Dr. Preissler setzte sein volles Vertrauen in diese Einrichtung, an der schon so viele Erfolge der Medizin vermeldet worden waren. Bevor man auseinanderging, versicherte man sich angesichts der Besonderheit der Umstände des strikten Stillschweigens aller Beteiligten über die gelungene Operation. Dies nicht nur wegen der gesellschaftlichen Funktion des Patienten, sondern vor allem angesichts des ungeheuerlichen Umstands, dass in einem Arier von nun an eine nichtarische Leber ihre Aufgabe verrichten sollte.

Die neue Leber wurde tatsächlich nicht abgestoßen, und die Genesung des hohen Patienten machte gute Fortschritte. Nach vier Monaten musste die Wochenschau nicht mehr auf Filmkonserven zurückgreifen, sondern konnte wieder aktuelles Material verwenden. Die markigen Durchhalteparolen dieses Mannes auf der Leinwand, die er voller Inbrunst und Siegeszuversicht unters Volk brachte, wirkten überzeugender denn je. Und dies lag vor allem an seiner erkennbar gesünderen, jünger wirkenden und der Zeit angemessenen schlankeren Erscheinung. Dass er mit der Zeit wieder in seine alten Lebensgewohnheiten verfiel, was seinen Leib allmählich wieder auf alte, gewohnte Maße wachsen ließ, registrierte nur sein engster Kreis – die Volksgenossen im Reich hatten inzwischen andere Sorgen.

Immerhin, die jüdische Leber hielt durch. Schließlich hatte sie schon einmal eine Umstellung der Ernährung von koscherer Lebensweise zur KZ-Lagerkost überstanden, und von nun an bewältigte sie ebenso tapfer die tägliche Beseitigung der Reste selbst geschossenen Wildschweinfleisches. Auch danach, als sie sich an Büchsennahrung und eingeschränkte Bewegungsfreiheit zu gewöhnen hatte, hielt sie durch. Jedenfalls bis zu jenem Tag nach dem Großen Nürnberger Kriegsverbrecherprozess, an dem sich dieser Repräsentant des Dritten Reiches feige dem Henker entzog, indem er energisch auf eine Zyankalikapsel biss.

Und dies war genau jener Tag, an dem sich ein gewisser Dr. Preissler im amerikanischen Sektor Berlins an die zuständige Behörde wandte, um endlich seine Entnazifizierung zu erreichen. Obwohl er nur zu gern mit seiner Lebensleistung, dieser Pioniertat der Humanmedizin, geprahlt hätte, schien es ihm doch opportun, jedwede Verstrickung in die Ungeheuerlichkeiten des Naziregimes zu verschweigen.

Es gab also für die Öffentlichkeit keinen Grund, im Jahr 1961 am Wahrheitsgehalt jener Sensationsmeldung zu zweifeln, die lautete, kürzlich sei die erste Lebertransplantation in der Geschichte der Humanmedizin gelungen.

www.frau-holle.de

Im Gebiet um den Meißner-Kreis haben die Gebrüder Grimm im 19. Jahrhundert den Großteil ihrer Geschichten aufgezeichnet, die sie sich von den Leuten erzählen ließen. So haben sie auch einige Erzählungen über eine Frau Holle gehört, die dort früher sehr gerecht gewaltet, Gutes belohnt und Schlechtes bestraft haben soll.

Findige Geschäftsleute aus dem Meißner-Kreis hatten jüngst eine blendende Geschäftsidee. Sie gründeten einen Versandhandel für Gegenstände, wie sie in den zahllosen Frau-Holle-Geschichten vorkommen, die auch heute noch überall in der Gegend gern erzählt werden.

So ist es dank der raschen Verbreitung des WEB 2.0 nun möglich, über den Versandhandel unter der Internetadresse www.frau-holle.de z. B. Bettfedern zu bestellen, die sich beim Hochwerfen ganz wundersam in glitzernde Schneeflocken verwandeln – ein Kinderspaß vor allem in den Sommermonaten, wenn auch für die Eltern nicht ganz billig. Blankgescheuerte, verzinkte Wassereimer mit silberfarbigen Blechmünzen darin – das Wasser dafür kann gern auch aus dem häuslichen Wasserhahn stammen – sind zum Entzücken der Liebhaber des rustikalen Landlebens schon für 29,80 € zu bekommen, plus Versandpauschale selbstverständlich. Für den gleichen Preis gibt es Frau-Holle-Hände aus stinkendem Vinyl, die angeblich unfruchtbare Frauen schwanger werden lassen, wenn sie damit ihren Leib streicheln. Frau-Holle-Bücher mit alten und neu erfundenen Geschichten, gerne auch als E-Book, Frau-Holle-Malbücher für Kinder und Frau-Holle-Luftballons sowie Schokolade mit dem Frau-Holle-Konterfei runden das Sortiment ab.

Bald werde ich wohl dort ebenfalls Kunde. Es geht nämlich das Gerücht um, demnächst komme auch ein Frau-Holle-Klopapier auf den Markt – schneeweiß und dreilagig, versteht sich. Ich weiß auch schon, wozu ich das benutzen werde.

Kontrollverlust

Die Kontrolleure an den Kassen unserer Republik sind auch nicht mehr das, was sie mal waren. Es gab Zeiten, da waren sie einerseits kompromisslos, wenn es notwendig erschien, andererseits flexibel, und oft ließen sie „Fünfe gerade sein", indem sie aus sozialen Gründen mal ein Auge zudrückten. Diese Zeiten scheinen vorüber zu sein. Den Jüngeren in dieser Zunft fehlt nach meiner Beobachtung häufig entweder Fantasie oder aber Lebenserfahrung, um den Job sozialadäquat zu meistern. Es ist für sie zum Problem geworden, mit Menschen umzugehen, die an ihnen vorbei in irgendwelche Veranstaltungen wollen und die Mühe haben, sich das leisten zu können.

Neulich zum Beispiel, da gab es eine Lesung. Ich weiß gar nicht mehr, wer da eigentlich was gelesen hat – ist wohl auch in diesem Zusammenhang nicht so wichtig. Aber wo es war, das weiß ich noch: im großen, rundum verglasten Dachterrassenraum an der Spitze des Conti-Hochhauses am Königsworther Platz. Es wird schon seit Jahren von der Universität genutzt.

Ich fahre da also mit dem Lift in die gefühlt vierzehnte Etage und stehe gleich vor der Kasse. Eintritt sieben Euro, steht da, ermäßigter Eintritt vier Euro. Ich zücke mein Portemonnaie, pule vier Euro und meinen Behindertenausweis heraus und lege beides arglos auf den Tisch.

„Behindertenausweis? Geht nicht", sagt der Kontrolleur, nachdem er das Papier von allen Seiten sorgfältig geprüft hat, und widmet sich umgehend dem nachströmenden Publikum.

Da greife ich ein zweites Mal ins Portemonnaie, krame meinen Rentenausweis hervor und halte ihn das gute Stück vor die Nase. Widerwillig nimmt er das Papier zur Kenntnis und sagt dann, inzwischen in leicht gereiztem Ton: „Rentenausweis geht auch nicht." Dabei blickt er genervt und Beifall heischend zugleich in die Runde der zumeist jugendlich wirkenden Anwesenden, um dann nachzuschieben: „Wir sind hier nämlich ein Uni-Betrieb."

Nun ist es an mir, mit den Augen zu rollen und gleichzeitig ein drittes Dokument aus dem Portemonnaie zu fischen – meinen gültigen Studentenausweis der ASH Berlin.

Diesen Blick und dieses verzweifelte Schlucken, das tatsächlich zu hören ist, weil inzwischen alle anderen den Atem angehalten haben, werde ich niemals vergessen. Mit einer fahrigen Geste, dabei seinen Co-Kontrolleur hilflos ansehend, der ihm aber auch nicht helfen kann, schnappt er sich die vier Euro vom Zahlteller, drückt mir ein Abrissticket in die Hand und winkt mich durch. Als ich später, in der Pause, an ihm vorbei zur Toilette gehe, blickt er demonstrativ in die Weite. Man hat von da aus durch die Panoramascheiben eine wunderbare Aussicht bis hinüber zum Deister, hinter dem gerade die Abendsonne untergeht. Wenn es doch auch für ihn so leicht wäre, einfach zu versinken.

Wir alle kennen solche Situationen, an die wir uns zeitlebens erinnern. Bei einem alten Knacker wie mir vergeblich versucht zu haben, ihn von einer überwiegend jungen Zuhörerschaft fernzuhalten, die er möglicherweise schon durch seinen Anblick stören könnte, wird ihm noch lange in Erinnerung bleiben. Vielleich so lange, bis er einst selbst Renten- oder Behindertenausweise zücken muss, um mit seinem bisschen Kohle über die Runden zu kommen, ohne auf Kunstgenüsse verzichten zu wollen. Ob der dann aber einen gültigen Studentenausweis in Reserve hat, bleibt allerdings abzuwarten.

Drei satirische Elfchen

Die
schwarze   Null
hat   einen   Namen
zynisch gemütlich schwäbisch deutsch
Schäuble

Jeder
ist   seines
Glückes Schmied steht
auf   einem   Schild   beim
Arbeitsamt

Angie
warum   zeigst
du   die   Raute
wenn   du den Stinkefinger
meinst?

Wer fragt, der führt (alte Psychologenweisheit)

Eigentlich hätte nach all den Jahren niemand im Land noch ernsthaft daran geglaubt, dass sich diese deprimierenden Verhältnisse, in denen mittlerweile neun von zehn Menschen leben mussten, jemals grundlegend ändern könnten. Ein langsamer, stetiger, unaufhaltsamer Abstieg bei allen teilen der Bevölkerung vollzog sich seit nunmehr einem halben Jahrhundert. So, wie von einer Salami allmählich Scheibe um Scheibe abgeschnitten wird, so wurde Jahr für Jahr die Lebensperspektive ein wenig mehr beschnitten. Zwar merkbar und ein wenig schmerzhaft, aber niemals so drastisch, dass die Menschen aufheulten oder sich gar zur Wehr setzten. Nachkommende Generationen wuchsen in eine Welt hinein, die sie nie anders hatten kennenlernen dürfen, und das Leben in ihr war für sie normal.

Die Herrschenden sprachen stets davon, noch für eine überschaubar kurze Zeit müssten alle „den Gürtel etwas enger schnallen", und sie stellten eine glänzende Zukunft für alle in Aussicht, die der Austerität folgen würde. Sämtliche gleichgeschalteten Medien verbreiteten diese Botschaft mit einem unaufhörlichen Propaganda-Trommelfeuer. Fast alle Adressaten dieser Verkündigungen waren indes viel zu abgestumpft und mit der unaufhörlichen Beschaffung notwendiger Lebensmittel für den nächsten Tag beschäftigt, um sich noch darüber aufregen zu können. Nur wenige Hochbetagte sprachen davon, dass früher einmal alles besser gewesen sei, dass man habe wirklich leben können. Die Jüngeren hielten sie für lästige Spinner, die bald schon von selbst mit diesem Unfug aufhören würden – schon wegen des natürlichen Abgangs. Ja, es gehörte einfach zu dieser Welt, sich wie ein Hamster im Rad zu bewegen und sich von außen auch noch von Lautsprecherparolen anfeuern zu lassen. Sie alle glaubten, es müsse ewig so weitergehen – jedenfalls so lange, wie sie imstande seien, ihr eigenes Hamsterrad in Schwung zu halten.

Irgendwann wurde im Slum einer Großstadt ein Kind geboren, das aus der Art schlagen sollte. Zwar war es äußerlich unauffällig – von mittelgroßem Wuchs, mittelblond und mit einer gewöhnlichen Stupsnase. Und dennoch fiel es durch etwas anderes auf. Es stellte Fragen, immerzu, hartnäckig nachbohrend und zu allen denkbaren Gelegenheiten. Seine Lieblingsfrage lautete: „Warum ist das so?" Als es diese Frage stellte, war es gerade drei Jahre alt. Nun, alle Kinder in diesem Alter nerven mit solchen Fragen. In dieser Hinsicht war das Kind also ebenfalls mittelmäßig. Seine Besonderheit zeigte sich später. Wo andere Kinder sich nach hinreichend vielen Ermahnungen der Eltern, nach diesem oft genug gehörtem „hör endlich auf zu nerven" frustriert zurückgezogen hatten, da fragte dieses Kind einfach hartnäckig weiter. Es hatte die besondere Gabe, immer weiter zu fragen, stets nachzuhaken, niemals aufzugeben, mit der Antwort niemals zufrieden zu sein. Als es in die Pubertät kam, hatte sich dieses Kind endgültig eine zweifelhaften Ruf als nervender, niemals aufgebender Fragesteller erworben.

Einige Altersgenossen begannen, ihm nachzueifern, als sie merkten, dass sie ihre eigenen Eltern damit ärgern und in Verlegenheit bringen konnten. Das begann, auszuufern. Es wurde bald zu einer regelrechten Modewelle, unbequeme Fragen zu stellen. Und irgendwann begann man, sich die Antworten selbst zurechtzulegen, wenn sie von den Erwachsenen ausblieben, und man lieferte sie gleich mit. Allmählich sollte daraus eine Jugendrevolte entstehen, und alle obrigkeitshörigen Erwachsenen sahen sich der wachsenden Kritik der jungen Generation ausgesetzt.

Wer hartnäckig fragt, nach Wahrheiten sucht und seinen Kopf zum Denken nutzt, stößt irgendwann zwangsläufig auf die richtigen Antworten. Diese Generation stellte die entscheidenden Fragen. Die Herrschenden merkten erst recht spät, was da auf sie zurollte, und dass dadurch ihre schrankenlose Herrschaft ernsthaft infrage gestellt werden konnte. Deshalb ergriffen sie Gegenmaßnahmen. Kurzerhand wurde die fragende Jugend für gesellschaftsgefährdend erklärt, und man versuchte, nach dem Prinzip „Teile und herrsche" alle bisher so folgsamen Erwachsenen gegen sie aufzuhetzen.

Und dies war der Punkt, an dem die Herrschenden den Bogen endgültig überspannt hatten. Nun solidarisierten sich Eltern mit ihren Kindern, Alte mit Jungen, und man begann allgemein zu verstehen, dass alle Unterdrückten im selben Boot saßen. Plötzlich besaßen die meisten Leute das, was in Zeiten der Unterdrückung so oft abhandenkommt: ein klares Feindbild. Aus irgendeinem geringfügigen Anlass schlug dann alles um – von einem Tag auf den anderen. Das Regime wurde hinweggefegt.

So etwas wie hier hat sich in der Geschichte der Menschheit bereits Zigtausend Mal abgespielt, manchmal im kleinen, manchmal im großen Rahmen. Und auch künftig wird es der einzige Weg sein, sich der Unterdrücker zu entledigen. Die Wahrheit hinter vorgegaukelten Verhältnissen zu erkennen und darüber aufzuklären, Herrschende mit Fragen in Verlegenheit zu bringen – das ist das ganze Geheimnis.

Denn wer seine Lage erkannt hat – wie soll der aufzuhalten sein?

Den Platzhirsch zum Platzen bringen

Wir kennen alle diese Situation: Da hat sich jemand breitgemacht, der uns nicht die Luft zum Atmen lässt; der seine Verbindungen so virtuos nutzt, dass er mit uns machen kann, was er will. Uns und alle, die uns nahestehen, kann er an die Wand drücken. Später wird er dann in seinen Kreisen damit prallen, soeben mal wieder jemanden wie eine Laus zerquetscht zu haben.

Er tut das, weil er die Macht dazu hat, weil er sich dazu berechtigt fühlt (er nennt es das Recht des Stärkeren), weil er es für sein Ego braucht, weil er eine unübersehbar ausgeprägte narzisstische Persönlichkeitsstörung hat, weil er sich an unseren Niederlagen aufgeilt. Jede dieser Niederlagen ist ein Sieg für ihn. Er oder wir. Wenn wir mit ihm pokern, hat er stets das Superblatt, gegen das wir nicht anstinken können. Und selbst wenn ihm mal jemand mit einem Full House, innerlich feixend, gegenübersitzt, kennt er dessen Blatt. Schließlich kann er sich ja vollständig auf seine Marionetten verlassen, die er um den innerlich Triumphierenden herum platziert hat. Sie werden ihm schon die nötigen Informationen zuflüstern, damit er sein Gegenüber ausbluffen oder auskaufen kann. Und notfalls kann er passen, damit der sich anbahnende Sieg ins Leere läuft.

Egal, was wir anstellen: Wir sind die Loser, er stets der strahlende Sieger. Alle Opportunisten dieser Welt stürzen sich auf ihn, so wie sich bunt schillernde Fliegen stets auf den allergrößten Scheißhaufen stürzen.

Ihr seid noch nicht am Ende? Ihr habt immer noch nicht aufgegeben? Ihr überlegt, mit welchem ihr du ihm doch noch beikommen könnt? Zumindest einmal wollt ihr einen Sieg über dieses arrogante Arschloch auskosten?

Dann reißt euch zusammen, macht euch ans Werk. Sucht und findet seine Schwächen und entwickelt einen Plan. Versucht, ihn auf dem falschen Fuß zu erwirken. Jeder Mensch auf dieser Welt hat Schwachstellen. Nutzt seine offenen Flanken für Finten, lockt ihn aus der Reserve. Je sicherer und überlegener er sich euch gegenüber fühlt, desto unvorsichtiger wird er. Denn Überheblichkeit macht auch vor ansonsten umsichtigen Typen nicht halt, wenn sie nur oft genug gesiegt haben. Und dies ist eure Chance!

Reizt ihn, Fehler zu begehen. Bringt den Platzhirsch zum Platzen. Blamiert ihn so, dass sich sämtliche Arschkriecher künftig das Arschkriechen verkneifen, weil sie plötzlich in ihrer Kosten-Nutzen-Kalkulation ein Minussaldo entdeckt haben. Ihr verspürt Mitleid oder Skrupel? Solche Emotionen sind völlig deplatziert. Er hatte bisher weder das eine noch das andere, wenn er euch zur Sau machte. Ihr zögert noch? Dann macht euch klar, dass ihr endlich lernen müsst, euch auf bisher unbekanntem Terrain zu bewegen. Was ihm zur täglichen Gewohnheit geworden ist, davor schreckt ihr noch zurück. Das ehrt euch zwar, ist aber völlig unangebracht. Es gibt eine unsichtbare Linie, jene Grenze zwischen moralischem und unmoralischem Handeln, die ihr überwinden müsst.

Ihr glaubt, dadurch in einem Dilemma zu stecken? Ihr scheut davor zurück, so zu agieren? Ihr wollt nicht so werden wie er? Dann vergesst das Ganze. Wir alle haben schließlich zwei Entscheidungsmöglichkeiten: Hammer oder Amboss zu sein. Wenn ihr euch nicht überwinden könnt, werdet ihr stets die Prügel einstecken. Der einzige Weg, euch künftig davor zu schützen, ist es, selbst erbarmungslos zuzuschlagen. Dies ist kein Plädoyer für das Faustrecht. Aber seht euch doch mal um, wie es anderen in eurer Lage geht. Und denkt doch mal an eure eigene Erfahrungen. Hat euch diese Gesellschaft mit ihren Regeln jemals davor geschützt, von irgendwelchen anmaßenden Idioten geprügelt zu werden? Damit meine ich nicht nur körperlich, sondern vor allem seelisch empfundene, moralische Prügel. Diese Gesellschaft existiert mit ihren wie Einbahnstraßen nur in eine Richtung funktionierenden Sanktionsformen nur deshalb so, damit der Stärkere und Brutalere obsiegt. Sie liegt demjenigen zu Füßen, der sich traut, andere mit Füßen zu treten. Sie liefert ihm für seine

Taten jene Mäntelchen, mit denen er sich als gemeinnütziger Zeitgenosse tarnen kann – während die Hüter der moralischen Instanzen in den Himmel schauen und verlegen pfeifen. Gesetze sind gut – jedenfalls für diejenigen, die die Macht haben, sie von Handlangern für sich auslegen zu lassen.

Also Schluss damit. Weg mit euren Skrupeln. Überschreitet jene unsichtbare moralische Grenze, die extra für euch und euresgleichen geschaffen wurde. Sie existiert lediglich, um euch davon abzuhalten, die Herrschenden hinwegzufegen. Sie ist die Fessel, die euch zum Stillhalten zwingt, wenn man euch erniedrigt. Glaubt nicht an die Mär, sie sei dazu da, Interessenwahrung auf Augenhöhe zu ermöglichen. Denn auf Augenhöhe respektiert man sich gegenseitig. Dort verhält man sich großzügig, anstatt sich einander an die Kehle zu springen. Solche Großzügigkeit könnt ihr später selbst pflegen. Doch das Erreichen dieser Augenhöhe müsst ihr euch erst erkämpfen – Platzhirsche geben ihre Macht etwas niemals freiwillig her.

 **Hans-Jürgen Fischer,** Jahrgang 1949, wächst als Staatenloser in Hannover auf. Mit 17 Jahren wird er Deutscher. Nach hartnäckiger Schulverweigerung verlässt er 1965 ohne Abschluss die Volksschule. Er bricht zwei Handwerkslehren ab, wird dann Seemann, Fabrikarbeiter, Soldat und Kraftfahrer. Mit vierundzwanzig Jahren schafft er den ersten Schulabschluss nach Abendkursen, es folgen Tischlerlehre und weitere Abschlüsse, die schließlich zum Studium berechtigen. Bei seiner Biografie und der Empathie für benachteiligte junge Menschen wird er konsequenterweise Sozialpädagoge. Über dreißig Jahre arbeitet er als Jugendzentrumsmitarbeiter, Jugendgerichtshelfer, Leiter eines Ferienlagers und Koordinator für Kinder- und Jugendarbeit.

Erst mit fünfundvierzig Jahren entdeckt er für sich das biografische und kreative Schreiben für sich als Chance, Verdrängtes zu bearbeiten. Autobiografische Kurzgeschichten entstehen, Kindergedichte, Limericks, ein erster Roman. Veröffentlichungen in mehreren Anthologien folgen. Kurz vor dem Eintritt in den Ruhestand beginnt er 2011 ein Studium zum Schreibpädagogen (Biografisches und Kreatives Schreiben), das er im Januar 2014 mit dem „Master of Arts" abschließt. Seitdem leitet er Schreibwerkstätten für unterschiedliche Gruppen, in denen er stets das Kreative Schreiben mit politischem Anspruch verbindet. Derzeit entsteht ein weiterer Roman, in dem er die Geschichte seines Vaters erzählt, der als tschechischer Zwangsarbeiter in Nazi-Deutschland überleben musste.

Romanveröffentlichung:

Sandros Strafe – Roman über den Amoklauf an einer Schule.
Verlag Edition Thaleia, Bibliothek Neue Prosa, St. Ingbert 2012,
ISBN: 978-3-924944-98-8

.